El Evangelio de Damasco

Novela

Omar Imady

Para obtener información, escriba a:

Virginia Institute Press/Villa Magna, LLC

PO Box 68425

Virginia Beach, VA 23471

ISBN: 978-1-940178-18-9

Primera edición en español

Diseño de portada por: Omar Imady. Imagen de portada: *Young mother gazing at her child*, William Adolphe Bouguereau, 1871. File Source: Creative Commons, Attribution License

Impreso en Estados Unidos

Agradecimientos

Esta novela no se habría publicado sin el amor y el apoyo de mis compañeros especiales, que saben qué lugar ocupan en mi corazón y cuánto aprecio les tengo.

Omar Imady

Dedicación

*A quien guió mi corazón: con la esperanza y la fe de que me tomarás
la mano cuando yo cruce al otro lado.*

Omar Imady

"Observad, que desde Siria empezaré a crear la nueva Jerusalén". —
Epistula Apostolorum

Omar Imady

I. En busca de un caballo de fuego

Omar Imady

1

Me llamo Raqeem, uno de los ocho ángeles a quienes se les ha confiado la tarea de facilitar el diseño de Dios en la tierra. En la víspera del regreso del Ungido se rompieron siete sellos y se formó un caballo de fuego con las palabras de los evangelios dorados. Como testigo de estos acontecimientos me han honrado con la labor de compartir con todos ustedes las maravillas que mis ojos han visto.

El *barzakh* es el Nivel Transitorio, una esfera cósmica en la que viven los ángeles que han recibido instrucciones relacionadas con la tierra. También es el lugar donde permanecen las almas humanas hasta el Día del Juicio. Al final de cada siglo hebreo se envían ocho ángeles del *barzakh* a reemplazar a los ocho que han terminado su misión en la tierra. Estos ángeles se conocen como los Guardianes del Diseño. Mis siete compañeros y yo llegamos a la tierra poco después de la puesta de sol del jueves 1 del mes *tishri*, año 5701, que corresponde al 20 de septiembre de 1940 y al primer día de Ramadán de 1359. Nuestra salida de la tierra está programada para el sábado 1 del mes *tishri*, año 5801, o sea el 8 de septiembre de 2040, o primer día de Ramadán de 1462.

A pesar de tener forma humana, no comemos ni bebemos. Aun así, podemos experimentar los dones sagrados de los hijos de Adán: dolor y alegría, risa y lágrimas. Tenemos protección contra la muerte, pero no contra sus instrumentos. Nuestra sede queda en el Monte Hermón, la puerta original del cielo según lo descrito en *El Libro de Enoc*. A cada uno de nosotros se nos han confiado secretos de carácter sagrado, tal como lo indican nuestros propios nombres. El mío es Raqeem, que quiere decir "inscripción" y significa que mi don consiste en conectar partes que parecen no estar relacionadas, como letras que se convierten en palabras o sonidos que se combinan para hacer música.

Durante casi veintiséis años, las tareas que se nos asignaron tenían que ver generalmente con crisis ocurridas en varias regiones del mundo. Sin embargo, mis compañeros y yo deseábamos una misión muy diferente, una que preparara a la tierra para un acontecimiento drástico cuyo impacto fuese significativo en la naturaleza y en la intensidad de la espiritualidad humana. Aun así, todos teníamos bastante claro el hecho de que tales misiones eran raras, y que muchos antiguos Guardianes del Diseño habían llegado a la tierra y se habían marchado del planeta sin el honor de que se les encomendara esa tarea. Fue entonces que Wahi, quien no forma parte de nuestro grupo, llegó de repente.

Podría decirse que él es "el gran intermediario", no sólo porque tiene un rango más alto, sino también porque es nuestro vínculo con la Voluntad Divina. Todo lo que ayudamos a desencadenar, y cada uno de nuestros movimientos mientras permanecemos en este planeta, se inspira en los mensajes que Wahi nos transmite. Cuando Wahi llegó de la Séptima Esfera todos sabíamos que se trataba de algo importante. Es que tenía que ser algo importante. Aunque a ninguno de nosotros lo han invitado allí, estaba bastante claro que en aquel lugar se tomaban y se anunciaban decisiones importantes. Bueno, quizás las decisiones no se tomaban allí mismo, pero lo cierto es que se anunciaban en ese lugar. Cada vez que Wahi se acercaba, se sentía siempre una combinación extraña de viento y luz en el aire, como una brisa eléctrica. Y su voz, esa voz a la vez cálida y lejana, iba a la par de la sensación causada por su presencia. "Cada pergamino debe abrirse en el momento indicado", me dijo al entregarme una caja de madera con pergaminos dorados, la caja reservada para la misión más importante que se nos había confiado. "Revelaciones periódicas", era la descripción que Wahi usaba para enfatizar la labor. Significaba a la vez que el mensaje era de suma importancia y que ni siquiera yo, el ángel encargado de supervisar las misiones desde lo alto, conocería su verdadero contenido hasta el final. Vi a Wahi desaparecer en el brillante cielo que cobijaba el Monte Hermón y llevé los pergaminos a mi cueva.

La caja de madera está hecha de ramas de *sidrah*, que es el árbol del loto y marca las fronteras de la Séptima Esfera. Me llevé la caja a la cara y respiré su olor sagrado. Adentro había siete cilindros de cristal bien organizados, y dentro de los cilindros estaban los pergaminos dorados. Se sabe que ha llegado el momento de romper un cilindro cuando este comienza a resplandecer, casi como una bombilla, pero su brillo es mucho más hermoso. Cuando abrí la caja, uno de los cilindros ya resplandecía. Para romper un cilindro es necesario sostenerlo con ambas manos y ejercer presión en el centro. Está hecho de tal manera que cuando se presiona se rompe como si se hubiese cortado a la perfección con una sierra eléctrica. El primer cilindro tenía dos pergaminos dorados, cada uno con números que indicaban cuál debería abrirse primero. Aunque sabía que estas finas láminas de oro no pueden romperse ni rasgarse, desenrollé el pergamino número uno con sumo cuidado. Tenía grabadas las siguientes palabras:

En la ciudad de Cristo va a nacer un caballo de fuego, de la matriz de una mujer hugonote y la semilla de un Caballero uzbeko.

No se trataba de un enigma, al menos no uno intencional. No existía la expectativa de que yo lo consideraría difícil de comprender. Las palabras elegidas para estos mensajes reflejaban lo que es importante para la Voluntad Divina, es decir, los elementos más esenciales. De todos modos, pocas veces me parecían fáciles de comprender estos mensajes, y este no era la excepción. Tenía que seguir las pistas, y la primera era el caballo de fuego. Sabía que el caballo de fuego era el nombre de uno de los años del calendario chino, pero tenía el presentimiento de que había mucho más por descubrir. Por eso, era hora de encontrar a Fei.

Cuando nosotros, los Guardianes del Diseño viajamos, el destino se apresura a recibirnos. Damos un paso y de repente estamos donde debemos estar. Algunos humanos han recibido este don. En la tradición judía a ellos se les conoce como *kefitzat ha-aretz*, que significa aquellos para quienes la tierra "saltó". De acuerdo con las enseñanzas de los rabinos: "Para tres de ellos la tierra se encogió: Eliécer, el sirviente de Abraham, nuestro padre Jacob y Abishai, hijo de Zeruiah". En la tradición islámica mística se los conoce como *ahl al-khitwa*, que significa la "gente del paso".

También podemos hacer que la gente se comporte de cierta manera, pero eso es algo que tratamos de evitar a toda costa porque cada persona tiene un distinto de grado de disposición a que se la lleve por determinada vía. Pocas veces su conducta refleja el punto hasta el cual deseamos que hagan algo. Sin embargo, esta noche es diferente. El hombre que yo quería conocer había perfeccionado el arte de aceptar subterfugios angélicos. De un paso llego a Hangzhou, una ciudad de China cercana a Shanghái. Entro al restaurante Louwailou, nombre que significa la "Torre más allá de la Torre" y queda a orillas del Lago Occidental. No me sorprende para nada encontrar a Fei sentado allí, con una sonrisa en el rostro.

"Así que querías verme. Ya he pedido comida: camarones con té verde *Dragon Well*. Nadie debe terminar sus días sin haberlo probado. Y tú todavía insistes en tu norma de no comer".

"Mira, Fei, si pudiera comer, te aseguro que no serían camarones lo que me llevaría a la boca".

Al relacionarnos con humanos tomamos varias formas. Nuestras facciones cambian en el momento mismo en que imaginamos a la persona en que deseamos convertirnos. Sólo nos presentamos ante unos cuantos elegidos como lo que realmente somos: ángeles con forma humana. Fei era uno de los elegidos, pero si alguna vez considerara seriamente compartir nuestro secreto con alguien, sus recuerdos de nuestros encuentros se borrarían instantáneamente.

"Entonces, Raqeem... sospecho que lo que necesitas es que te hable de la astrología china".

"Así es, Fei. Dime si el año del Caballo de Fuego es especial de alguna manera".

Fei era un hombre bien informado y elocuente. Me lo había presentado Mizán, el ángel a quien le han confiado los secretos de la sabiduría. Es uno de mis compañeros en el Monte Hermón. El mundo de Fei giraba en torno de la astrología, y su franqueza conmigo hacía precisamente que hablara sin preámbulos sobre los temas que más me interesaban.

"A diferencia del año del Caballo, que sucede cada doce años, el año del Caballo de Fuego sucede cada sesenta años. El último año del Caballo de Fuego fue 1906, y el siguiente comenzará dentro de una semana, el 21 de enero de 1966, y terminará el 8 de febrero de 1967".

"¡Qué interesante!"

"Los niños que nacen en el año del Caballo de Fuego son, por decirlo en palabras simples, caballos extremos. Tienen todas las cualidades de un niño nacido en el año del Caballo: el individualismo, el amor por la libertad, el odio a la mediocridad... pero todo ello con mayor intensidad. El resultado es una criatura peligrosa destinada a volverse famosa o notoria. Un ser portador o bien de tragedia, o de fortuna espectacular. En serio, ¿a quién le interesa correr semejante riesgo? Por eso algunas mujeres que se supone deben dar a luz pronto planean abortar".

Pensar en que alguien abortara el regalo de un niño me hizo erizar.

"¿Hay algo más que deba saber?"

"Ah sí", respondió Fei mientras tomaba su copa de vino de Shaoxing. "Los caballos de fuego son más peligrosos que nunca cuando están enamorados. Cualquier medida de autocontrol que puedan tener desaparece cuando se estrellan con la pasión que desata el amor dentro de su ser".

Mis siete compañeros y yo vivimos en cuevas alrededor de la cumbre oculta por la naturaleza, conectadas por una red de corredores. Cuatro de ellos tienen forma física de mujer. A Risha se le han confiado los secretos de la sutileza y la seducción. A Sakinah se le han confiado los secretos del consuelo espiritual. A Rahma se le han confiado los secretos del amor. Y a Nur se le han confiado los secretos del cambio espiritual. Los otros tres han tomado forma física masculina, al igual que yo. A Sur se le han confiado los secretos de la ley y las estructuras. A Asa se le han confiado los secretos del linaje y la autoridad. Y a Mizán se le han confiado los secretos del equilibrio y la sabiduría.

En el Monte Hermón casi siempre hace frío, y en enero la nieve es una visitante asidua. Mi hogar es una cueva oculta en medio de la belleza del lugar, y cuando estoy aquí generalmente es porque quiero pensar en lo que voy a hacer. Tomé el primer pergamino y leí el mensaje otra vez. En la ciudad de Cristo va a nacer un caballo de fuego... Y ¿cuál es la "ciudad de Cristo"? Seguramente esto tiene un significado más profundo. Sabía que otra vez necesitaba ayuda.

Damasco, como todas las grandes ciudades, es el hogar de cuarenta hombres y mujeres cuyos corazones son tan puros, que son capaces de equilibrar la oscuridad de los demás corazones de la ciudad. A los cuarenta humanos se les conoce como *abdal*, o sea los substitutos, porque cuando uno de ellos se muere, inmediatamente lo reemplazan por otro, un proceso que solamente se detiene antes de que el mundo se acabe. En el grupo de los cuarenta hay un reformista responsable de diagnosticar y prescribir la cura para la enfermedad espiritual más importante de su era. No se debe confundir a los cuarenta con los setenta *tzadikim*, el grupo de los justos, o sea los *abdal*, aquellos que ocupan un nivel más alto y a quienes sólo Dios conoce. Los corazones del grupo de *tzadikim* no se ocupan de una ciudad específica, sino de toda la tierra. Entre ellos hay cuatro *awtad*, los puntos de conexión y el *qutb*, el asta. Cuando se juntan, forman un toldo invisible, como si estuvieran protegiendo al mundo de sí mismo.

Disfrazado de muchas formas llegué a conocer a los cuarenta de Damasco. Y cada vez que uno de ellos fallecía, Wahi me informaba de su reemplazo. Eliécer, rabino judío de Damasco, era uno de estos privilegiados. Para él yo era un judío norteafricano rico que visitaba Damasco a menudo. "Yusuf", me decía, "soy el último rabino de esta sinagoga. Cuando yo ya no esté, este lugar será como un museo". El rabino Eliécer vivía en el barrio de la judería, a pocas manzanas de su sinagoga. El sol estaba a punto de ocultarse cuando toqué a su puerta. Me recibió una sirviente con una bufandita de colores en la cabeza. La seguí al patio interior y momentos después llegó el rabino Eliécer. Hacía un poco de frío, pero la temperatura seguía siendo agradable.

"¡Yusuf! Pero qué agradable sorpresa verte. Desapareces, y luego, cuando empiezo a pensar que nunca regresarás, vuelves a aparecer y entonces pienso que esta vez te quedarás. Pero supongo que este es otro de tus viajes de negocios. Siéntate... ponte cómodo".

Había una fuentecilla que le daba un carácter apacible al entorno ya sereno de este patio damasceno.

"Rabino, quería saber si podría ayudarme con una cosa".

Nunca antes le había pedido ayuda al rabino Eliécer y pasó de sorprendido a curioso.

"¿Ayudarte? ¿Y cómo puede ayudar alguien como yo a alguien como tú?"

"Pues, rabino, lo que quiero saber es dónde queda la Ciudad de Cristo".

Por la forma en que me miró, parece que le había hecho al rabino Eliécer justamente la pregunta que nunca había imaginado que yo le haría.

"¿Te refieres a la Ciudad del Mesías?

¿Dónde te enteraste de esto?"

La seriedad del tema se reflejaba claramente en el rostro del rabino.

"Oí por casualidad una conversación y parecía haber mucha

confusión acerca de la ubicación exacta de la ciudad. Eso me hizo pensar que usted, rabino Eliécer, sin duda la conocería".

"No, no hay confusión. La Ciudad del Mesías es Damasco".

"¿Damasco?"

"Así es. Damasco. La mayoría de los rabinos lo sabemos, y a la mayoría nos disgusta la idea... porque, ¿qué tiene Damasco para haber recibido este honor? ¿Por qué Damasco en lugar de Jerusalén? Pero está escrito en *El Libro de Zacarías* en palabras que no dejan lugar a duda. Algunos rabinos han tratado de razonar algo diferente al respecto, pero es lógica creativa. ¿Entiendes? El Mesías aparecerá en Damasco".

El rabino Eliécer hizo una pausa, como si tratara de asegurarse de que esto era lo correcto. Luego agregó: "Tengo algo para ti. Voy a traerlo. Espera aquí".

El rabino Eliécer regresó después de unos minutos con un libro pequeño que tenía aspecto de esos libros que nadie ha abierto en muchísimo tiempo.

"Yusuf, toma este libro. Lo escribí hace años y se lo envié a mi amigo el rabino Isaac de Alepo. En él vas a encontrar respuesta a todas tus preguntas sobre por qué Damasco es la Ciudad de Cristo".

"Gracias, rabino. Gracias".

"Bueno. Ahora vas a tener que disculparme, pero tengo que hacer una visita importante".

"Sí, por supuesto. Gracias por la ayuda, rabino".

De vuelta en mi cueva reflexioné sobre la información que había recibido hasta ahora: un niño nacerá en Damasco en algún momento entre el presente y febrero del año próximo. ¿Quién es ese niño? Volví a leer el pergamino:

En la ciudad de Cristo va a nacer un caballo de fuego, de la matriz de una mujer hugonote y la semilla de un Caballero uzbeko.

"¿Qué te parece todo esto, Risha?" Le pregunté al darme cuenta de que estaba parada detrás de mí. "¿Qué es una matriz hugonote,

Risha?"

"Ah. Ahora decides compartir la información. ¿Qué pasó con aquello de que Raqeem lee y Raqeem planea, y los demás solamente ayudamos si nos lo piden?"

"Es que así es como debe ser, pero cuando el ángel de la sutileza decide inmiscuirse, no hay mucho que pueda hacer, ¿no? A ver, ¿qué piensas?"

"La matriz obviamente se refiere a la madre, que debe ser descendiente de hugonotes. Si no me equivoco, eran protestantes franceses. Por lo tanto, es posible que esta mujer sea francesa o de ascendencia francesa. Por alguna razón conoce a un hombre de Damasco descendiente de un caballero uzbeko, y se casa con él".

"De acuerdo, Risha. Tu lógica no está nada mal, pero, ¿cómo encuentro a una mujer cuyos antepasados pertenecieron hace siglos a un movimiento protestante francés?"

"El hecho de que ella sea descendiente de hugonotes es probablemente uno de los rasgos más importantes que la califican para ser la madre de este niño. Y en cuanto a tu intento de encontrarla, lo único que realmente debes saber es que la mayoría de los países europeos, como Francia, se identifican con los hugonotes".

"¿Y qué tal si es estadounidense?"

"Pues entonces buscamos a una estadounidense con antepasados que hayan emigrado desde ese país europeo. ¿Ves qué fácil? Basta encontrar un buen libro".

Y yo me enamoré de la biblioteca de Suzzallo durante un viaje corto a Seattle. Habían raptado a una jovencita, y sus antepasados eran tan importantes para Dios, que nos enviaron a Asa y a mí a asegurar que la liberaran y se la entregaran a sus padres. La encontramos en un garaje de las afueras de Seattle. Su secuestrador aparentemente estaba a punto de desvestir a la pobre niña cuando de repente descubrió nuestras miradas fijas en él. La reacción de Asa fue tan fuerte, que inmediatamente golpeó al hombre en la cabeza. Al final de esa misma tarde, después de que la niña se había reunido con sus padres, encontré la biblioteca. Subí la escalera de mármol que lleva a la Sala de Lectura de Postgrado, con sus 19.8 metros de altura y sus arcos estilo Tudor que la atraviesan de lado a lado. Cuando está abierto al público, el recinto está iluminado por hermosos candelabros, pero yo había llegado después de la hora de cierre. Entrar a la fuerza a las bibliotecas no es un rito angélico muy común, pero, a diferencia de Asa, yo no podía irme de Seattle sin antes investigar a la familia de la niña. Tenía que saber exactamente qué hacía que esa niña fuera tan importante. Resulta que su bisabuela materna era responsable del alto nivel espiritual de la familia, pues había dedicado su vida a los huérfanos de Seattle, acogiendo a los niños de la calle y dándoles un refugio seguro. A cambio de sus obras, su bisnieta recibió protección y fue devuelta a la seguridad de su hogar. ¡Qué poética es la Voluntad Divina!

Esta noche, mi viaje a la Sala de Lectura de Postgrado tenía un objetivo muy diferente. Mientras la lluvia caía afuera, me sumergí en *Sed de libertad: la historia de los hugonotes*. Una hora después cogí otro libro llamado *Historias de los sobrevivientes hugonotes*, y terminé de leerlo poco después del alba. Miré fijamente el cristal de colores, a través del cual ahora entraba la luz del sol en múltiples rayos y me transporté de nuevo al Monte Hermón.

"¿Y? ¿Qué descubriste?"

"Pues que está claro que Francia es la palabra clave. Pero me distraje".

"¿Y te distrajo...?"

"Es que encontré una historia que leí una y otra vez sin entender por qué".

"¿De qué se trata?"

"De un hombre, un médico llamado William Rippon. Se escapó de París el día de la masacre de San Bartolomé, cuando mataron a miles de hugonotes. Primero viajó a Inglaterra, después a Escocia y por último se radicó en Lisboa. A principios del siglo XIX, Matthew, uno de sus descendientes, dijo que había tenido visiones extrañas".

"¿En qué sentido?"

"Parece que estaba convencido de que su misión consistía en preparar al mundo para la segunda venida".

"¿De Cristo?"

"Ajá. Y ya puedes imaginar cómo se recibió ese mensaje. El padre de Matthew estaba tan preocupado por el bienestar de su hijo, que lo puso en un barco y lo mandó ..."

"¿A Estados Unidos?"

"Sí. Los descendientes de este hombre, la familia Rippon, se radicó en Nuevo Rochelle, un pueblo cercano a la Ciudad de Nueva York".

"Ya veo por qué te distrajo la historia. Y puede que tengas razón, en que es posible que "la matriz hugonote" sea descendiente de Matthew".

"Pero yo nunca dije que esa era mi teoría".

"Pero lo es. En todo caso, si ella está en Damasco, te prometo que la encontraré".

"¿Cómo piensas lograrlo?"

"Para empezar, tendrás que ayudarme. Tenemos que determinar cuántos hombres damascenos que viven en Damasco están casados con mujeres extranjeras. Digamos que encuentras treinta. Tampoco puedo imaginar que haya más de treinta. Luego, con esa información podemos empezar a descartar a algunas de las mujeres".

"Como mínimo podemos descartar del grupo a las que no están embarazadas. La mujer que buscamos ya está embarazada o a punto de quedar embarazada. Si llegado mayo no está embarazada, no es la mujer que buscamos".

"Hazme una lista con las candidatas y yo tomaré las riendas a partir de ese momento".

Llegué a la Dirección de Inmigración y Pasaportes. Es un pequeño edificio lleno de extranjeros pidiendo permiso para quedarse en Siria y sirios pidiendo permiso para salir de Siria. El humo del cigarrillo invadía el espacio. Lo que quería saber era bien específico: los nombres y las nacionalidades de las mujeres extranjeras, estadounidenses y europeas, que residen en Damasco porque se han casado con sirios. Me acerqué a un hombre uniformado. No sé si fue por el caro traje que llevaba puesto o por mi intenso deseo de hallar la información, o las dos cosas, pero lo cierto es que se acercó a mí como si estuviera esperando que le diera instrucciones. Lo que buscaba estaba escrito en un papel, y se lo puse en la mano. El funcionario miró fijamente el papel por unos segundos y asintió con la cabeza.

Volví a la oficina a las dos de la tarde, y el edificio estaba prácticamente vacío. Aunque faltaban treinta minutos para la hora oficial de cierre, la mayoría de los empleados ya se había marchado. El funcionario que me había atendido estaba parado solemnemente cerca de su escritorio. No sé si estaba esperándome, pero me entregó la lista. Le di las gracias con una sonrisa. Él se limitó a mirarme fijamente.

"Risha, como parece que te encanta mi cueva, a ver si me ayudas. Hay cuarenta y seis nombres en esta lista. Ocho mujeres inglesas, seis belgas, siete danesas, once rusas y catorce estadounidenses. ¿Ahora qué?"

"Vamos a ver. Seguro que se reúnen... Entonces voy a ser la afiliada más nueva del club, una mujer extranjera que se siente muy sola y tiene muchos deseos de tomar café de verdad y participar en una buena conversación".

"De acuerdo, pero trata de verte un poco menos bonita. Mientras más envidia les causes con tu apariencia, menos probabilidades habrá de que te hablen de sus antepasados".

"Vaya, Raqeem, ¡parece que estuvieras coqueteando! Mira, mi ángel favorito, el problema es que no importa lo que haga, pues siempre seré la más bonita".

Muy cierto. Risha era verdaderamente hermosa. Menuda, con pelo largo, su piel de tono nuez moscada claro y sus ojos entre café y verde, pero era su sentido de presencia lo que más me impresionaba. Al igual que el significado de su nombre, su presencia causaba una sensación de cosquilleo, pero no físico. Era algo más.

Un sábado en la mañana Risha entró en la casa de la familia Qadri. Había conseguido los números de teléfono de algunas de las mujeres estadounidenses de la lista a través de la embajada de Estados Unidos. Las llamó y no tardaron en darle la bienvenida e invitarla a su siguiente reunión para tomar café con tarta de manzana.

Más tarde esa misma noche, Risha había acumulado varias historias de mujeres extranjeras en Damasco. Lo más importante es que estaba convencida de haber identificado la matriz hugonote.

"Nada, que llegué al apartamento y las mujeres estaban allí, luciendo sus vestiditos, las esposas extranjeras de Damasco. Les dije que me llamo Vicki y..".

"¿Vicki?"

"Ajá. Tiene aire de realeza. Después de saludarme me llenaron de consejos sobre cómo sobrevivir sin extracto de vainilla, fresas y mantequilla de verdad. De repente entró una mujer de pelo largo castaño oscuro y esos ojos... ¿cómo explicarte los ojos? Era como si sus ojos reflejaran todo el amor por la libertad y el asombroso espíritu rebelde que una vez tuvieron los hugonotes".

"Risha, al grano, ¿vale?".

"Ya. Ya. Nos presentaron y me dijo que su nombre es Jane. Jane Rippin".

"¿En serio? Definitivamente suena como una variante de Rippon".

"Tiene una hija y su marido trabaja para el gobierno. Lo conoció en la Universidad de Columbia. ¿Y adivina qué? Se llama Jawdat Bukhari. ¿Ves la conexión? Bukhari de Bukhara, una ciudad muy importante en ... Uzbekistán. Sentí que de repente todo empezaba a esclarecerse, pero eso no fue todo".

"Cuenta. ¡Cuenta!".

"Pues, empezamos a hablar y noté que estaba evitando la comida. '¿No te gusta la tarta de manzana?' Le pregunté casualmente, y me respondió que esa mañana no tenía ganas de nada. '¿Cuántos meses?' pregunté mirándole el estómago. 'Tres meses. ¿Y cuánto tiempo llevas en Damasco?' preguntó ella, cambiando el tema rápidamente. Y así es la cosa. Tres meses. La fecha de parto debe estar alrededor de julio de 1966".

"Risha, debo confesar que..."

"Espera, no he terminado. Le dije que tenía aire irlandés, y me dijo que el padre le había contado que su familia era originaria de Francia e Irlanda. Sabe incluso que el primero de sus antepasados en inmigrar a los Estados Unidos era un hombre muy religioso que tuvo que marcharse de Irlanda para escapar persecución".

"Increíble. Ese seguramente era Matthew".

"Quizás, pero pienso que ahora que sabes todo lo que necesitabas saber, vas a prescindir de mí. Y no es eso lo que yo quiero. Oye, mírame. Estoy hablando en serio. No es buena idea fastidiar a un ángel como yo, con tanto talento".

"Pues esa no es mi intención, en absoluto".

Omar Imady

2

La Biblioteca Nacional Zahiriyah está situada al noroeste de la Gran Mezquita de Damasco y fue fundada en el siglo XIII por el Sultán Baybars. Baybars era la antítesis de Saladín y tiene fama por su despiadada reconquista de las tierras que los Cruzados ocupaban. Su tumba está bajo una cúpula majestuosa de color rosa en la biblioteca. Damasco bien puede ser la ciudad de Cristo, pero también es la ciudad de las cúpulas rosas. Generalmente adornan las tumbas de santos, y están por todas partes en Damasco. Los damascenos parecen estar tan acostumbrados a la presencia de las cúpulas, que no se percatan de lo excepcionales que son, sobre todo su color. En los días en que la lluvia da paso a los rayos del sol, se ven preciosas, especialmente desde arriba.

Yo estaba en la Biblioteca Zahiriyah porque tenía que averiguar por qué la familia Bukhari había sido elegida, y no era sólo cuestión de curiosidad, sino también de despejar mis propias dudas. Los historiadores musulmanes estaban obsesionados con escribir *kutub al-rijal*, que es el nombre de los libros dedicados a cortas biografías de hombres importantes, y unas cuantas mujeres, que vivieron en un siglo islámico particular. Algunas biografías eran generales y otras eran sobre individuos de ciudades específicas. En el Gran Salón de Baybars encontré una colección de biografías sobre eruditos y otros personajes notables de Damasco. La colección abarca desde el siglo XVI hasta el presente.

Kasbay, el padre de Imad al-Din Bukhari era un soldado del ejército del príncipe mameluco Janberdi Al-Ghazali, el último gobernante de origen mameluco (egipcio) en Damasco. Al-Ghazali se había unido inicialmente a los otomanes, pero después de la muerte del Sultán Salín en 1520, se autoproclamó Sultán de Siria. El mandato no duró mucho, pues encontró la muerte a manos del ejército de Solimán el Magnífico, que había llegado a recuperar Damasco para los otomanes. Kasbay sobrevivió la batalla y se escapó a una casa pequeña de Anaba, un sector de la periferia de Damasco. Había elegido una vida muy diferente para su hijo Imad al-Din, dedicada al estudio de la jurisprudencia islámica. Imad al-Din se convirtió en un erudito importante de la escuela de leyes *hanafi*. La rama sunita islámica tiene cuatro escuelas de leyes: *hanafi*, *shafi'i*, *maliki* y *hanbali*. Los mamelucos favorecían la escuela de leyes *shafi'i*, pero para los otomanos su núcleo legal era *hanafi*, e Imad al-Din era un representante de su era. Su hijo Hamid superó el nivel alcanzado por el padre y llegó a ser un *mufti*, que es la suprema autoridad religiosa de Damasco, un puesto ocupado posteriormente por seis Bukharis más. Para el siglo XVIII, los miembros de la familia Bukhari habían pasado de la erudición a la gestión de la extensa riqueza que sus antepasados habían acumulado, pues los sultanes solían regalar aldeas enteras a los más importantes eruditos religiosos. Cuando Jawdat nació, a principios del siglo XX, ya habían perdido la mayor parte de esa riqueza. Jawdat formaba parte de una familia aristocrática pero pobre. Su posgrado en economía de la Universidad de Nueva York, gracias a una beca del gobierno, y su ascenso como tecnócrata importante del gobierno sirio eran como un renacimiento de los Bukhari en la era moderna.

Era evidente que la familia Bukhari era bien interesante, pero yo seguía sin descubrir algo que explicara definitivamente por qué los habían elegido. Los eruditos religiosos de la familia eran importantes, pero no había encontrado nada que no fueran contribuciones intelectuales y profesionales exitosos. Y luego, en medio de lo que debería haber sido la fase de declive de los Bukhari, cuando incluso su riqueza había comenzado a disminuir, encontré la biografía de Ahmad Bukhari, un personaje notable damasceno que murió en 1888. Según su biografía, se había casado con una mujer abisinia que había trabajado para él como su sirviente, algo que no era para nada común en el siglo XIX en Damasco. Un hecho todavía más interesante es que Ahmad vivía en Qaymariya, muy cerca de Bab Tuma (la Puerta de Tomás) que es un distrito mayormente cristiano de Damasco. Es importante porque en 1860, las matanzas sectarias que habían comenzado en el Monte Líbano entre los maronitas y los drusos se habían esparcido a Damasco. Grupos de musulmanes atacaron los barrios cristianos, matando a muchas personas y destruyendo numerosas casas.

Unos cuantos musulmanes se enfrentaron a las muchedumbres de atacantes y protegieron a todos los cristianos que pudieron. Abd al-Qadir al-Jazairi, el príncipe argelino que vivía en exilio en Damasco, y sus guardas personales, salvaron a muchos cristianos y recibieron más adelante el reconocimiento de occidente por sus acciones. Pero Ahmad Bukhari, el bisabuelo de Jawdat Bukhari, no tenía ni fusiles ni guardas, y nadie reconoció sus esfuerzos para proteger a sus vecinos. Había abierto las puertas de su casa a los cristianos que huían de los atacantes, a riesgo de su propia vida y las vidas de sus familiares. En la biografía de Ahmad incluso dice que algunas mujeres cristianas embarazadas dieron a luz en su casa. Uno de los dos niños que nacieron allí se convirtió en médico, y se dice que nunca aceptó pago por parte de ningún paciente de la familia Bukhari.

La biografía de Ahmad me hizo sonreír. Los ángeles saben bien cuando han encontrado lo que estaban buscando, incluso si les cuesta explicárselo a los demás. Quizás era el hecho mismo de que si se tiene en cuenta la esposa africana de Ahmad, el caballo del fuego personificaba a cuatro continentes: Asia y África, por el lado paterno, y Europa y América por el lado materno. O quizás era el deseo de Ahmad de proteger a cuesta de todo a un grupo de personas que profesaban otra fe. El hecho era que un gesto de bondad como este era poco común. No era la bondad demostrada hacia miembros de su propio grupo, sino la que demostró hacia a aquellos que pertenecían a otro grupo justamente en el momento en que eran más vulnerables. Al igual que con la historia de Matthew Rippon, la biografía de Ahmad Bukhari despejó todas mis dudas de que el lado paterno del caballo del fuego era la familia Bukhari.

3

Tras identificar a los padres de este niño, sabía que necesitaba nuevas instrucciones. El primer cilindro tenía dos pergaminos, y ya había cumplido con las instrucciones de uno de ellos, así que era hora de abrir el segundo:

Paloma será el nombre de la luna del recién nacido y Sakinah estará allí cuando el niño llegue al mediodía.

"Paloma. Interesante. ¿A qué corresponde?"

"No tengo la menor idea. Quizás se trata simplemente de una metáfora".

"¿O quizás es del hebreo?"

"¿Qué te hace pensar que podría ser hebreo?"

"Piensa con mente bíblica, Risha".

"Perdona, pero no sé cómo pensar 'con mente bíblica', Raqeem".

"La pregunta es, ¿quién entre los profetas de la biblia tenía un nombre que significara algo como paloma?"

"Pues no podría adivinar la respuesta incluso si toda nuestra misión dependiera de ello".

"Seguro que Asa sí lo sabe. Vamos a visitarlo".

La cueva de Asa estaba más cerca de la cumbre. Al entrar, lo encontramos leyendo un voluminoso libro, con aires de realeza, y tan guapo como siempre. En un rincón había un cetro, símbolo de su autoridad.

"Asa, perdona la interrupción... Tenemos una pregunta para ti.

¿Había algún profeta bíblico al que se le conociera como Paloma?"

"Jonás".

"¿Jonás, al que se lo tragó una ballena?"

"No sé si a Jonás le agradaría esa definición, pero sí, es ese mismo Jonás, el que consiguió convertir a su ciudad al monoteísmo".

Tras dar su respuesta, y para indicar que la conversación ahora había terminado, volvió a abrir su libro y a sumergirse en la lectura.

De regreso en mi cueva le pregunté a Risha: "Entonces, ¿cómo inspiramos a Jawdat y Jane a nombrar a su hijo 'Yunus', que es la versión en árabe de 'Jonás'?"

"Pues eso es fácil. Los seduces".

"¡Risha!"

"Mira, lo que haré es contarle a Jane una historia sobre un hombre asombroso llamado Yunus durante la próxima reunión para tomar café con tarta".

"¿Y cómo vas a hacer para que la historia sea 'seductora'?"

"No, no, no. Yo no hago que las cosas sean seductoras. Todo lo que yo hago es seductor. Punto".

❖

"El otro día abrí una versión en inglés del Corán y la sección se trataba de Jonás. La pronunciación en árabe es preciosa, Yunus... Y desde luego la historia también lo es. No es fácil de explicar. Hay que admitir que la idea de un hombre dentro de una ballena tiene algo muy especial. Es lo más parecido a estar dentro de una matriz, ¿no?"

Risha miró a Jane y sonrió brevemente. Algunas mujeres se rieron, y Jane parecía estar muy interesada y no quería que Risha dejara de hablar.

"Es un lugar oscuro y húmedo. Me pregunto si Jonás podía oír los latidos del corazón de la ballena".

Laura, una mujer de Pittsburgh, interrumpió. "Mi marido me dijo una vez que él podía realmente oír la alabanza a Dios de los peces en el mar".

Emily, la de Mansfield, agregó, "lo más lindo de la historia de Jonás es que, aunque hace algo que no es muy apropiado, parece ser el único profeta de su era que realmente logra convertir a la ciudad a la que lo enviaron". Jane asintió y Risha retomó la palabra. "Así es, Emily. Es como si significara que para tener éxito hay que ser como Yunus, es decir, Jonás. Hay que estar en una matriz no una sola vez, sino dos veces". Ahora todas las mujeres reunidas reían, bueno, todas menos Jane, quien de repente parecía haber pensado en algo que le agradaba muchísimo.

En todas las cuevas de los Guardianes del Diseño hay una pantalla grande en una pared que nos permite observar lo que sucede en cualquier parte de la tierra cuando queramos. Basta sentarse delante de la pantalla y proyectar nuestros corazones hacia un lugar o una persona para que la pantalla nos muestre inmediatamente imágenes muy vívidas. Cuando nuestros corazones se proyectan hacia otro lugar, es como cambiar el canal en la televisión. Y esa noche Risha y yo nos sentamos en mi sofá verde de terciopelo a mirar a Jawdat mientras regresaba a su casa después del trabajo, tarde como de costumbre, y luego caminaba hacia el dormitorio. Jane, que lo esperaba en la cama, le sonrió y le dijo que aunque su padre se haya llamado Idris, y aunque la costumbre aquí sea darles a los hijos el nombre de su abuelo, si el bebé es un niño, el único nombre que ella puede aceptar es Yunus.

"¿Yunus? Pero Jane, ¡ni siquiera puedes pronunciarlo correctamente!"

"Ya resolví ese problema, con un apodo".

"¿Un apodo? ¿Qué apodo?"

"Cuando sepa cuál es te contaré. ¡Buenas noches!"

Y tras darle las buenas noches, Jane apagó la lámpara a su derecha, y cerró los ojos. A medida que se dormía, le parecía que su mente trataba constantemente de representar cómo sería para su niño no nacido estar en el interior de la matriz.

El 7 de julio de 1966 hubo un gran resplandor solar de rayos X que se observó con una resolución de 81,8 segundos. Algo estaba a punto de suceder. Yo sabía que era así porque estos resplandores solares indican un inminente acontecimiento importante. Fui a la cueva de Risha y vi que la había transformado en un gran armario.

Estaba parada delante de un espejo, probándose sombreros.

"¿Desde cuándo visitas mi cueva?"

"Escucha, debes llamar a Jane. Tenemos que averiguar si está a punto de dar a luz".

"¡Ja! Te llevo kilómetros de distancia, pues la he llamado todos los días de la semana pasada. Lo malo es que nadie contesta. Llamé a una amiga de ella y me dijo que Jane y su familia estaban en Latakia".

"¿Latakia? Seguro que no están en Latakia. El niño está a punto de nacer. Tenemos que hacer que regresen".

"Vale, puedes tratar de hacerlos volver".

"Los dos tenemos que tratar".

"Ya. Espero que Jane sea el tipo de ser que responde bien, o mejor dicho que responde de forma predecible a que se trate de forzarla. "¿Ya le has dicho a Sakinah?"

"Sí, no tienes que preocuparte por Sakinah. Si el niño nace en Damasco, ella estará allí. Ha sido enfermera del Hospital Italiano por tres meses".

"Deja que yo me ocupe de ella, Raqeem".

Esa misma tarde, el jueves 7 de julio, Jane informó de repente a todos los que la acompañaban que si no llegaba a Damasco en las próximas horas, iba a tener una 'gran crisis nerviosa al estilo estadounidense'. Cuando hizo el anuncio, estaban tomando café, en un momento que Jawdat erróneamente juzgó como un instante de tranquilidad.

El recorrido de Latakia a Damasco toma alrededor de cinco horas, pero el chófer de Jawdat, Abu Hadi, iba a casi 70 millas por hora, y cuando desaceleraba, Jane le gritaba "tengo que llegar a Damasco. Quiero dar a luz en Damasco. Tengo que estar en Damasco".

El viernes 8 de julio, en la hora más calurosa del día, durante el mes más caliente del año y en el año del Caballo del Fuego, Yunus, o Yune, como eventualmente se le conocería, nació en Damasco, la ciudad de Cristo. Sakinah fue la primera en cargarlo, y sopló una oración en la cara del bebé antes de entregárselo a Jawdat. Él recitó a su vez el llamado de los musulmanes a la oración en el oído derecho del niño, y luego se lo puso en los brazos a la madre.

Omar Imady

II. Cuando un niño se enamora

Omar Imady

1

Al regresar al Monte Hermón, Risha estaba esperándome. Tenía puesto un vestido rojo rubí, recostada en mi sofá.

"¿Estás de humor como para rojo rubí?"

"¡Siempre me viene bien el rojo rubí cuando nace un niño! Tengo la sensación que uno de los pergaminos ya está listo para ser abierto".

"Una sensación, ¿dices? Abramos la caja de una vez y veamos si es así".

Por supuesto, Risha tenía razón. Habíamos llevado a cabo la primera tarea y ahora necesitábamos nuevas instrucciones. Rompí el sello, y al igual que el primer cilindro, el segundo tenía dos pergaminos. Risha abrió el primer pergamino y leyó el mensaje:

Lo que Miriam fue alguna vez para Moisés, su hermana será para él.

Rahma – 8 años.

"¡Una historia de amor!" Dijo Risha con una amplia sonrisa.

Los dos sabíamos que la presencia de Rahma era el comienzo de una historia de amor.

"Ya, ¿pero Yune tiene una hermana?"

"Sí, alguna vez te dije que los Bukhari tuvieron una hija. Jane me lo contó el día en que la conocí. Pero ¿por qué la pregunta?"

"Porque Miriam era la hermana de Moisés. Adoraba de tal modo a su hermano, que lo siguió a la casa del faraón. Yune y su hermana parecen destinados a tener una relación semejante".

"Se me pone la piel de gallina".

Sonreí al pensar en Risha experimentando una sensación tan humana.

"Entonces nuestro Yune va a entrar a su vida a través de una historia de amor con su hermana, de quien ninguno de nosotros sabe nada".

"Entonces voy a asegurarme de conocerla en mi próxima visita a Jane en su casa".

"De acuerdo. Voy a comunicarme con Rahma. Puede pretender ser la sirvienta de la casa".

"Sí, hazlo. Yo se la recomendaré a Jane. Como sabes, para ella mis ideas son irresistibles". Dicho esto, salió de mi cueva con una sonrisa.

Era cierto que Yune tenía una hermana. Se llamaba Maryam, la versión en árabe del nombre María, y le llevaba unos nueve años a Yune. A diferencia de los ojos de su madre, que irradiaban libertad y vitalidad, los ojos de Maryam evocaban profundidad y espiritualidad. Risha le presentó a Rahma a Jane como "Suad", la sirviente ideal para la casa y la niñera para el bebé. Jane habló de un trabajo que le ofrecieron antes de dar a luz. Nunca pensó que sería posible con un recién nacido, pero ahora iba a volver a considerarlo.

Así fue como se sembraron las semillas de la presencia frecuente de Rahma en la casa de los Bukhari. A la sombra del ángel a quien se le habían confiado los secretos del amor, el amor de Yune por su hermana creció y, tal como lo había vaticinado Fei, Yune era intolerable para todo el mundo cuando estaba separado de su amor. Cuando Maryam lograba escaparse inadvertidamente para encontrarse con un amigo o simplemente para pasar tiempo en soledad, Yune, que alguna vez fue un niño complaciente, se ponía primero tenso, luego grosero, luego gritón y por último violento con los objetos, si Maryam desaparecía por más de dos horas. Sus estructuras de legos volaban para todos lados gracias a los golpes de sus manos. Una vez incluso golpeó una ventana de cristal que se despedazó instantáneamente, dejando trozos de vidrio por todo el suelo. Y no había realmente nada que se pudiera hacer, excepto desde luego encontrar a Maryam y rogarle que se apresurara a regresar a casa.

El Evangelio de Damasco

Cuando Yune tenía unos seis años, su padre se convirtió en funcionario importante del gobierno sirio: Ministro de Economía. Sin embargo, era un tecnócrata y mantuvo su distancia de los corruptos y los adictos al poder. Jawdat no tenía ninguno de los requisitos necesarios para ocupar semejante puesto en la Siria de la década de 1970. Pertenecía a una familia aristocrática sunita, mientras que la mayoría de los funcionarios importantes provenían de zonas rurales. Estaba comprometido con su fe, en una era en que predominaban los funcionarios extremistas laicos. Además, aparte de haber recibido su educación en occidente, estaba casado con una estadounidense en el momento en que el gobierno sirio demostraba abiertamente su hostilidad ante Estados Unidos y todo lo relacionado con ese país. A Jawdat no lo habrían designado para ese puesto de no haber sido por un acontecimiento peculiar. El Ministro de Defensa, quien posteriormente se convertiría en Presidente de Siria, necesitaba que alguien le ayudara con un curso en economía. Seleccionaron a Jawdat para dicho curso, y cuando este había terminado, le había causado una impresión muy favorable al general. Es por eso que en 1971, cuando a Jawdat le ofrecieron un puesto en la ONU fuera de Siria, recibió una llamada del Palacio Presidencial en medio de la noche en la que le pedían que se quedara... porque su país lo necesitaba. Jawdat se sintió alienado durante los años que pasó trabajando para el gobierno sirio. En los días malos, y hubo muchos, cuando experimentó el grado que podían alcanzar la corrupción y violencia de algunos de estos funcionarios, se iba a dormir con un pensamiento reconfortante: "¿No fue José un ministro de economía que trabajó para el faraón? ¿No fue él un monoteísta puro rodeado del politeísmo de cultos de Egipto y aun así pudo obrar de manera que complaciera a su Dios y enorgulleciera a sus padres? Seguiré su ejemplo hasta el final".

Yune comprendía que su padre era un hombre importante y este hecho aumentaba su propio sentido de identidad. Pero a Yune lo consumía ante todo el amor. Y desde luego no se trataba de amor romántico, pero tampoco era el tipo de amor que los hermanos normalmente se tienen unos a otros. Yune simplemente sentía una paz y calidez abrumadoras cuando Maryam estaba cerca. Nada más le hacía sentir así. Era así de simple. Necesitaba tenerla cerca para sentirse normal.

Los paseos formaban parte de los rituales más comunes de esta historia de amor. El paseo principal era el de los domingos, aunque no fuera un día libre en Siria. Con Rahma a pocos pasos detrás de ellos, Maryam llevaba a su hermano de la mano y se ponían a buscar tréboles de cuatro hojas. La cara de Yune casi que desaparecía en el césped a medida que buscaba y buscaba con gran empeño. El trébol mismo no significaba nada para él. Lo que deseaba era darle gusto a Maryam, imaginando la sonrisa que le arrancaría si encontraba esa planta mágica.

En otros paseos se concentraban en las flores de jazmín. Muchas casas damascenas están rodeadas de árboles de jazmín. Maryam y Yune recogían las flores de jazmín que habían caído al suelo y las colocaban en una pequeña bolsa de papel. Cuando llenaban la bolsa, se apresuraban a regresar a casa y se sentaban en la cama de Maryam a tejer collares de jazmín con aguja e hilo blanco, y mucho cuidado.

Las palabras también eran parte importante de esta historia. A Maryam le encantaba la poesía, y a su vez Yune se enamoró del arte verbal. Alguna vez Maryam escribió unos versos en una tarjeta y los pegó en su armario, y esos versos se quedarían en la memoria de Yune mucho tiempo después de que ella los olvidara:

Soy un fragmento de la espuma del mar.

Mi destino es dar a luz mil fragmentos,

y a la vez el destino de ellos es darme a luz.

A Maryam le gustaba mucho una cantante libanesa llamada Fairuz. Cada verano, el nuevo musical de Fairuz en la feria de Damasco era un evento esperado por todos los miembros de la familia Bukhari. Jane y su marido solamente asistieron una vez, pero Maryam y Yune regresaron una y otra vez al teatro al aire libre. Maryam anotaba con cuidado las palabras que Fairuz cantaba y con frecuencia las aprendía y se las cantaba a Yune al ponerlo a dormir. Buena parte del canto de Fairuz se trataba de la espera. Cantaba acerca de esperar al ser amado en el verano y en el invierno, esperando sin ninguna esperanza que un día el amado llegara. En otro musical, Fairuz hace el papel de una mujer que dice que pronto llegará un tren. Sin embargo, no hay rieles y de hecho están sembrando papas en el sitio mismo donde dice que pronto llegará el tren. Y de todas formas mantiene la fe de la espera, un esperar insensato que es casi indiferente a la llegada de lo que se anticipa con tanta intensidad. En otro musical, ella hace el papel de una mujer a quien mandan a prisión injustamente durante quince años. ¿Qué la ayudó a vivir durante los años que pasó en una celda? Sin duda, la experiencia de esperar. Hubo una escena que impresionó sobremanera a Yune. Fairuz se pregunta por qué este hombre siempre está borracho, y alguien le contesta, "porque tiene miedo de que si llega a estar sobrio, ¡no podrá escapar la realidad de que lo que espera nunca llegará!"

Yune lo absorbía todo. Era algo especial para Maryam, y todo lo que era especial para Maryam era especial para él. Lo irónico es que llegaría el día en que Fairuz y sus palabras significarían muy poco para Maryam. Aun así, todo lo que se implantó en la mente de Yune durante estos años de amor inocente permanecería con él para toda la vida.

Las palabras solas eran muy importantes, pero también lo era todo lo relacionado con ellas. Maryam asistió al Instituto de Música de Damasco, donde aprendió a tocar el piano. Un hombre sirio casado con una amiga inglesa de Jane era jefe del Instituto y estaba encantado con el talento musical de Maryam, pero ella no era una estudiante dedicada. Solamente quería aprender a leer música lo suficientemente bien para tocar algunas de sus obras clásicas predilectas, y una vez que lo consiguió, dejó de asistir a las lecciones. Cuántas veces vi a Yune sentado en el banco del piano junto a su hermana mientras ella tocaba el "Claro de luna"... Ella incluso inventó una historia sobre esta pieza. Era algo así como que un joven que se sienta bajo la luz de la luna a esperar a su amada. Noche tras noche espera, pero nadie llega. Una noche en que la luna desaparece completamente, su amada llega de repente y el cielo resplandece con la luz de su rostro.

Jane tenía un talento musical aún más grande que el de su hija. Tocaba la guitarra y el piano, y tenía una hermosa voz. A menudo, cuando Maryam no estaba, Jane le cantaba a Yune sus canciones favoritas para distraerlo de la ausencia de su hermana. Las canciones que quería oír eran siempre las mismas, y siempre en el mismo orden. Primero, "El pequeño juglar" seguido por "Dona Dona" y "Henry Martin". Por último, pedía la canción que más le gustaba, y que Jane tenía que cantar por lo menos dos veces, "El Himno de Batalla de la República". Jane tenía cuidado de cantar solo las partes que no contradijeran la fuerte postura de islam sobre el monoteísmo unitario, y por eso omitía las menciones de Jesús como Dios.

Pero había más cosas. Maryam habló una vez con Yune acerca de un anciano que tenía una pequeña tienda en la que vendía cuadernos armados a mano. Allí, Yune quedó embelesado al ver un cuaderno grande, de tamaño aproximado a la mitad de su cuerpo, y con cubierta de piel verde oscuro. Cuando Maryam aceptó comprárselo, Yune sintió que había recibido un precioso ladrillo más para construir su castillo secreto. Su castillo estaría hecho de palabras, collares de jazmín, cuadernos, y finalmente un pequeño gatito. Una amiga de Jane tenía varios gatitos que quería regalar. Y fue así que Yune y Maryam fueron a la casa de la amiga, escogieron el gatito blanco con la raya negra en la nariz, lo pusieron en una pequeña bolsa y regresaron a su casa. De vez en cuando, Yune paraba y se aseguraba de que la bolsa estuviera suficientemente abierta para que el gatito pudiera respirar, pero no tanto como para que saltara y se escapara.

En 1973, estalló una guerra entre países árabes e Israel. Maryam decidió que se ofrecería como voluntaria en el hospital público de Muwasat, y fue así como Yune acabó viviendo una guerra sin tener a Maryam a su lado. Cada amanecer se escuchaban los aviones supersónicos militares de Israel rompiendo el silencio sobre Damasco. El sonido de las sirenas fue el primero que se escuchó, despertando a todos los miembros de la familia Bukhari y forzándolos a bajar por las escaleras al primer piso, donde vivían las hermanas de Jawdat. Se reunirían en un cuarto que creían protegido porque el padre de Jawdat había orado allí con frecuencia, pero rápidamente Yune se encontró solo. Su padre estaba trabajando; su madre, con el coraje de sus genes hugonotes, estaba en el tejado avistando los MIG 21 y los *Mirage 3* en el cielo de octubre. Lo que era aún más importante desde el punto de vista de Yune es que Maryam estaba en el hospital atendiendo a civiles heridos. Ni siquiera las visitas de Rahma eran regulares ya porque la guerra había interrumpido todas las actividades normales. Un día todo esto llegó a ser tan intolerable para Yune, que decidió que tenía que ver a Maryam a toda costa. Y en el momento en que el conductor de Jawdat apareció en la casa, Yune, con una voz autoritaria que misteriosamente era muy convincente, le pidió que lo llevara al hospital de Muwasat. Esto sucedió durante horas muy peligrosas en el día. Y cuando Yune llegó al hospital, encontró a Maryam parada cerca de una cama en la que yacía un hombre herido. Cuando Maryam vio a Yune, no podía creer que su hermano menor estuviera en este lugar tan peligroso. Acto seguido corrió hacia él y le dio una bofetada. Yune acababa de vivir una prueba muy especial. ¿Estaba dispuesto a ser humillado a causa de su amor? Pero pasó la prueba sin problemas, pues lo único que le importaba era haberla visto. Ella, y los demás, podían hacer lo que quisieran. El conductor lo llevó de vuelta a casa con la mejilla todavía enrojecida, los ojos todavía enlagunados y la sonrisa todavía en los labios.

2

Cuando Yune cumplió 8 años, el segundo pergamino del segundo cilindro estaba listo para ser abierto:

La luz besará a su hermana en septiembre, y el mundo del niño será decorado con un esplendor azul.

Nur – 2 años y 5 meses.

Nur es el ángel del cambio repentino y la conversión espiritual. Cuando es necesario que haya un cambio en un paradigma espiritual, Nur llega a la escena. La cueva de Nur tenía un aire de gran serenidad. Cuando llegué, ella estaba meditando en una cama blanca, y como de costumbre llevaba un manto blanco, muy blanco. En todos los años que hace que la conozco, no recuerdo haber visto jamás su pelo. Nur abrió los ojos y me miró fijamente, como si mi llegada repentina hubiese interrumpido su tranquilidad.

"Raqeem, el sentimiento que llevas adentro me dice que has pasado mucho tiempo con Risha últimamente".

Nur y Risha nunca se llevaron bien. Después de todo sus vibraciones energéticas son bien diferentes. Lo irónico es que a la vez se complementan muy bien.

"Debo haber sido invocada por uno de tus pergaminos para que vinieras a visitarme".

"Sí. Te corresponde participar. Maryam, una chica de diecisiete años que vive en Damasco, ha de experimentar una conversión espiritual".

"Sé muy bien quién es Maryam, Raqeem".

"Ah, ¿sí?"

"Risha tiende a compartir más de lo que piensas".

"Ya. Entonces, ¿cuál es el plan?"

"Le presentaré a las Hijas de Aarón".

"¿Qué?"

"Parece que no estás al tanto de los acontecimientos espirituales en Damasco".

Nur tenía razón. Estaba tan involucrado con Yune, que aunque no tuviese que intervenir directamente pasaba la mayor parte de mi tiempo observándolo desde mi cueva. "Por ejemplo, ¿sabes quién es el miembro más reciente del grupo de los cuarenta?"

"..."

"¿Sabías que ese nuevo miembro está destinado a ser el próximo Reformista?"

"..."

"Demasiada Risha puede bloquear tu visión. Permíteme ilustrarte. Durante el momento del nacimiento de Maryam, una mujer llamada Shams empezó a invitar a las mujeres de Damasco a recorrer un sendero espiritual claro, centrado en el aprendizaje y la educación, y en el que se combinaban la modernidad y la modestia. Para las mujeres que se esforzaban por tener un estilo de vida que no fuera ni secular ni tradicional, ni libre de identidad religiosa ni subordinado a la autoridad tradicional, el sendero de Shams era una alternativa ideal. Si hubieras salido más habrías notado un nuevo estilo de vestir en Damasco. En lugar de las minifaldas de los diseñadores occidentales y de las faldas y los tocados negros de la cultura otomana, las mujeres que se habían unido al sendero de Shams andaban vestidas con abrigos y mantos de color azul cielo".

"Un momento... ¿dijiste azul?"

"Sí. Color azul cielo. ¿Por qué te sorprende?"

"No, no. Es que acabo de recordar las palabras del pergamino".

"¿Y cuáles son?".

La luz besará a su hermana en septiembre, y el mundo del niño será decorado con un esplendor azul.

"Ves cómo voy por donde debo ir, entonces".

"Sí. Continúa por favor con la historia de Shams".

"Shams consiguió que las mujeres cultas y realizadas le pusieran atención. Algunas venían de familias muy elitistas de Damasco, las más susceptibles a la secularización. Pues sí. Hay algo muy atractivo en el sendero propuesto por Shams".

"¿Algo seductor?"

"Esas serían las palabras de Risha. ¿Viste? Pasas demasiado tiempo con ella".

"¡Sigue contando la historia, Nur!".

"Sienten suficiente atracción como para defenderse contra todos aquellos que tratan de impedirles unirse a Shams".

"¿Y quién trata de impedírselo?"

"¡Los hombres! Por eso es que todo esto es tan irónico. Los hombres de Damasco quieren dos extremos: o que sus mujeres sean liberales y se vistan según normas occidentales o que se cubran y sigan reglas religiosas muy estrictas. En ambos casos quieren controlarlas. Pero las mujeres que se unen a Shams los confunden. Se visten modestamente, pero piensan y viven de la forma más liberal posible".

"Siento como si hubiera estado viviendo en otro planeta".

"¡O simplemente mirando demasiada televisión con Risha!"

"Bueno. Deja ya el sarcasmo, por favor. No le queda bien a tu presencia espiritual".

"Tienes razón. Discúlpame".

"¿Por qué te refieres a esas mujeres como las Hijas de Aarón?"

"Según Lucas, Isabel, la madre de Juan el Bautista, pertenecía a las Hijas de Aarón, una antigua orden espiritual femenina. Es el mismo caso de las mujeres que se han unido a Shams. No sólo se visten de cierta manera, sino que también viven de acuerdo con preceptos morales muy estrictos y, pon atención Raqeem, practican regularmente el *zikr*".

"La meditación espiritual".

"Exacto. En ese sentido, son manifestaciones modernas de las Hijas de Aarón".

"¿Y cómo es que sabes tanto acerca de ellas?"

"Raqeem, porque yo las he reunido".

Nur dijo esto mientras tomaba un abrigo color azul cielo que estaba colgado cerca de su cama y se lo ponía sobre los hombros.

"Mírame bien. Soy Zainab, una de las muchas discípulas de la impresionante Shams".

"Muy bien, Nur. Entonces, ¿cómo hacemos para atraer, sí, atraer, a Maryam al sendero de Shams?"

"¡Voy a golpear en su puerta y a inundar su mundo de luz! Sin embargo, debo esperar hasta septiembre, como dice el mensaje. Para entonces Ramadán habrá empezado. Maryam y su familia estarán ayunando y el ayuno siempre tiene un efecto espiritual en las personas".

"A menos que estén frustradas por la falta de nicotina".

"Pues de verdad dudo que Maryam fume".

❖

Aparte de las diferencias entre palabras como seducción y atracción, las tácticas utilizadas por Risha y Nur eran bien parecidas. El miércoles 25 de septiembre, que correspondía al 8º día de Ramadán en el calendario islámico, miré a Nur golpear a la puerta de la casa de los Bukhari. Yune abrió la puerta.

"Hola. ¿Está Maryam?"

Yune parecía sorprendido. Esta mujer no era una de las amigas de su hermana.

"Sí. Mi hermana está en casa".

Nur siguió a Yune al interior de la casa. Poco después apareció Maryam, descalza y con un vestido verde largo de hippie. Nur se presentó como Zainab, y le dijo que había venido a preguntarle si deseaba más en su vida que esto.

"¡¿Qué qué?!" Exclamó Maryam. "¿Qué quiere decir con más que esto?"

Nur sonrió, y pasó más de veinte minutos describiendo la promesa de un estilo de vida que convertiría a todos los fragmentos de su ser en un todo integral, que la haría sentir sana y serena.

"Conozco a alguien que puede enseñarte a volar sin que salgas de aquí. Conozco a alguien que sabe cómo tejer alas".

Maryam sonrió. "Llévame a verla".

Cuando Nur se fue, el rostro de Yune mostraba confusión. Le preguntó a su hermana quién era esa mujer y de qué estaba hablando.

"No te preocupes, Yune. Simplemente quería invitarme a escuchar a alguien que dará una conferencia esta tarde. Puedes venir conmigo, si quieres".

"Por supuesto que quiero ir". Exclamó el niño de ocho años.

Esa noche Maryam le dijo a su mamá que iba a reunirse con una amiga y que llevaría a Yune para que la acompañara. Nur estaba esperándola en una calle cercana. Caminaron juntos desde Muhajreen, donde queda la casa de los Bukhari, hasta el prestigioso sector de Malki. Al llegar a la casa, Nur los llevó a un salón grande con un candelabro de cristal bohemio y una enorme alfombra persa de Nain. Había aproximadamente treinta y cinco jovencitas sentadas en las sillas o en la alfombra. En la parte delantera del salón había dos sillas desocupadas estilo Queen Anne, con forros de terciopelo de color azul oscuro.

Después de quitarse los zapatos, Maryam y Yune se sentaron en la alfombra a esperar a que algo sucediera. Unos minutos más tarde entraron al salón dos mujeres vestidas con abrigos y mantos. Todos los presentes se apresuraron a saludarlas. Una de ellas destacaba sobre la otra. Su sonrisa irradiaba calor y sus ojos tenían el destello de la inteligencia. A medida que las chicas se congregaban alrededor de la mujer para darle la mano, ella les preguntaba acerca de su salud, sus estudios y sus familias. Los ojos de Yune pasaban del candelabro a la cara de la mujer, como si estuviera tratando de determinar si era el candelabro el que le iluminaba el rostro o si el resplandor de su rostro le daba luz al candelabro.

Las dos mujeres se sentaron en las sillas Queen Anne. La mujer del rostro resplandeciente empezó a hablar. Nur le susurró a Maryam, "es hermosa, ¿no? Esa es Shams, la mujer de la que te hablé". Maryam asintió con la cabeza. Shams hablaba con voz fuerte y melodiosa:

"Hijas, nuestro sendero tiene sede, una base, y es Damasco.

Y aunque es cierto que amamos nuestra ciudad y nuestro país, nuestro sendero está por encima de cualquier prejuicio contra la gente de otras nacionalidades. El nuestro es un sendero femenino, pero respeta y ama a padres, hermanos, maridos e hijos. No tiene nada en contra de los hombres, pero tampoco tiene la necesidad de demostrarles nada. Acoge el derecho de una mujer a escoger su religión, a aprender sobre su religión, a practicar su religión, pero no busca separarla de los hombres. Acoge la independencia financiera de las mujeres, su derecho a continuar su educación y a escoger una carrera profesional, pero nunca a costa de arriesgar su papel fundamental en la unidad familiar. El nuestro es un sendero espiritual, pero es también un sendero de servicio: el servicio a nuestro Dios a través del servicio a la creación de Dios. Este no es un sendero que busca aumentar el conocimiento por medio de la soledad, sino un sendero que logra alcanzar altos niveles de espiritualidad a través del servicio a la humanidad.

Momentos después de que Shams hubiese concluido su presentación, entró al salón una jovencita con una bandeja de té en las manos. Cuando Yune se preguntaba si habría una taza de té para él le ofrecieron una, lo que le hizo sentirse muy complacido, no tanto porque quisiera beber té, sino porque quería sentir que su presencia era percibida y reconocida.

Ni Maryam ni Yune dijeron una sola palabra mientras caminaban de regreso a casa. Yune aparentemente seguía tratando de resolver el misterio del resplandor del rostro de Shams y Maryam reflexionaba sobre las palabras de la mujer. Maryam no durmió esa noche. Estaba impresionada con la visión de una espiritualidad femenina fuerte, culta y con conciencia social que Shams había pintado. No sabía cómo resistir semejante invitación, y cuando Nur la llamó la mañana siguiente, Maryam le dijo que había decidido comprometerse con el sendero de Shams, y que comenzaría a ponerse un manto en la cabeza.

"Listo. Hecha la tarea".

"Ajá. Tal parece que así es. Miré con cuidado. ¿Y ahora qué, Nur?"

"Ahora se ha encendido la luz de Maryam, Raqeem. Ahora muchos tratarán de apagarla. Pero es que no saben que este tipo de luz es como una planta del desierto, que extiende sus raíces a mayor profundidad cuanto más tratan de arrancarla".

La decisión de Maryam de llevar un manto en la cabeza fue un acto revolucionario no sólo para los Bukhari, sino para todas las familias de mezcla siria y extranjera que conocían a los Bukhari. Maryam les había demostrado que sus hijos, de hecho, sus hijas en particular, no eran inmunes a la seducción espiritual, o a la atracción, como Nur preferiría llamarle. Shams a su vez había demostrado que las mujeres que llenan los requisitos para unirse al sendero de la secularización, esas mujeres que toman muy en serio quiénes son y lo que piensan hacer en este mundo, aparte de ser bienvenidas en el sendero que casi han nacido para recorrer.

Los padres de Maryam, los amigos y los parientes constantemente discutían con ella. Sin embargo, ella rara vez se permitía reaccionar. En realidad no le importaba si los convencía o no. Yune fue el único que la apoyó, pero más por el amor que le tenía que por convicción. Odiaba la idea de que atacaran a su Maryam, y en su cuaderno grande había tomado nota de las discusiones entre Maryam y sus padres, y luego había agregado sus propios comentarios:

"Su único crimen es llevar puesto el manto... "

"No tienen problemas con las mujeres que llevan pañoletas amarradas... "

"La próxima vez que la hagan llorar, voy a mostrarles quién soy yo..."

El nuevo ser dentro de Maryam había reinventado los rituales de la historia del amor de Yune hacia ella. En lugar de dar paseos a pie ahora conducían alrededor de los barrios pobres de Damasco en el coche nuevo de Maryam, un pequeño Peugeot 101 blanco, repartiendo comida y ropa. Muchas otras seguidoras de Shams, las "Shamsi", como les decían los damascenos, se unieron a la causa y atiborraban con frecuencia el pequeño coche. Las imágenes de la gente pobre le dejaron una fuerte impresión a Yune. Hubo una situación específica que lo dejó anonadado. Once familias recibieron porciones de una olla repleta de calabacín con salsa de tomate que llevaban en el maletero. Cuando llegaron a la familia número doce, Maryam abrió el maletero y destapó la olla para ver cuánto quedaba. Esperaba encontrar la olla casi vacía, pero fue todo lo contrario, ¡todavía estaba completamente llena! Para Yune tales acontecimientos eran los nuevos secretos de su historia de amor. Ni él ni Maryam compartían esos secretos con nadie, y a él le encantaba cuando estaban sentados con otras personas y él podía susurrarle a ella, "¿recuerdas cuando...?" como para confirmar que tenían un reino privado, todo suyo.

Las palabras seguían siendo parte importante de su amor, pero en lugar de tratarse de las palabras de Fairuz, ahora eran versos del Corán. El favorito de Yune, por motivos estrictamente musicales, era el Libro de TaHa. Había también muchas historias que tenían siempre un mensaje espiritual. Una de tales historias serviría de complemento para los rasgos de caballo de fuego de Yune y llegaría a convertirse en la base de un estilo de vida que Maryam no podría haber pronosticado como la historia de Bisher Descalzo. La historia tenía una trama sencilla, pero nunca dejó de impresionar a Yune:

Hace mucho tiempo vivía un hombre llamado Bisher que era muy rico y vivía una vida extravagante. Un día, un anciano golpeó a su puerta. Una de las sirvientas abrió la puerta y se sorprendió al ver al anciano. Le preguntó qué deseaba, a lo que el hombre respondió: "Pregúntele por favor a su amo si ya ha probado la libertad". La sirvienta inmediatamente cerró de un portazo. Cuando Bisher le preguntó quién había golpeado a la puerta, ella contestó que era un viejo loco haciendo preguntas locas. Bisher tenía mucha curiosidad e insistió en escuchar lo que había dicho el anciano. Cuando la sirvienta terminó de repetir las palabras, Bisher lucía como si le hubiera caído un rayo. Salió corriendo del castillo sin siquiera ponerse los zapatos, y buscó al anciano hasta que lo encontró. Lo tomó de la mano y le dijo: "Tiene razón, yo no he probado la libertad

todavía. Enséñeme a ser libre". Bisher no regresó a su castillo.
A partir de aquel día abandonó su vida anterior y nunca dio
un paso atrás.

Pasaron varios días en la vida de Yune y Maryam. Yune se había adaptado por completo al nuevo estilo de vida de Maryam y era feliz siempre que formara parte del mundo de ella. Maryam trató alguna vez de convencer a Yune a que asistiera a una conferencia religiosa para hombres ofrecida por un imam o por un hombre musulmán que dirigiera la oración en una mezquita. Yune aceptó hacerlo para darle gusto, pero al regresar casa le dijo que había detestado cada minuto y que nunca regresaría sin ella a eventos de esos.

En septiembre de 1976 Yune descubrió que Maryam iba a acompañar a su padre en un viaje a Estados Unidos. Jawdat iba a asistir a un congreso del Fondo Monetario Internacional en Washington, DC, y Maryam visitaría a su abuela y sus tías en Nuevo Rochelle. Al menos eso es lo que Yune pensaba. En realidad se había acercado a los Bukhari una familia damascena religiosa cuyo hijo estudiaba medicina en ese país. Maryam sorprendió a sus padres con su voluntad de conocer al joven estudiante, y por eso habían planeado el viaje. Nadie se atrevía a compartir la verdad con Yune, pero las hermanas de Jawdat no eran capaces de guardar secretos. Yune había oído suficiente de lo que decían sus tías para comprender que algo estaba en ciernes y tenía que ver con una boda. Maryam se ausentó durante diez días, y en ese período se forjó un compromiso informal.

En la noche de su regreso a casa, Yune mostró su profundo amor por ella de una manera muy dulce. Aunque estaba dormido cuando ella llegó a casa, Yune se despertó al oír su voz y le pidió que viniera a darle un abrazo. Cuando ella se le acercó, él le tomó las manos inmediatamente en busca de un anillo. Al no verle uno (porque Maryam lo había puesto en su bolso), Yune sonrió y regresó a dormir.

Pero esa sonrisa no le duraría mucho tiempo, pues se había planeado una boda para diciembre, y llegado el mes de octubre de 1976, Yune lo había comprendido todo y había confrontado a Maryam con la verdad. Ella a su vez lo tomó por los hombros y le habló sobre el hombre con quien iba a casarse y que tenía pelo largo. Cualquiera esperaría que Yune dijera "¿de verdad piensas que me importa si tiene pelo largo o corto, o si no tiene pelo?" Pero Yune sintió el amor que irradiaba de las manos de Maryam, y al menos en ese momento estaba dispuesto a hablar del pelo de Sarmad. Cuando Sarmad llegó a

Damasco unos cuantos días antes de la boda, Yune estaba esperándolo en el aeropuerto. Sus ojos buscaban a un hombre que tenía aspecto y ropa de hippie. Incluso lo imaginaba con una guitarra a cuestas. Sin embargo, Sarmad llevaba un traje formal y su pelo no era ni corto ni largo.

La boda se celebró en la casa de los Bukhari. Los hoteles no eran una opción apta porque servían alcohol, y el sendero de Maryam estaba en contra de los establecimientos que servían alcohol. Durante la boda, Yune derramó sus lágrimas a menudo. Además de que su hermana se casara, se iba de Damasco el día siguiente, partiendo a Estados Unidos con su marido. La vida que Yune conocía hasta el momento había terminado.

El Evangelio de Damasco

III. Todos los caminos llevan a Damasco

1

Yo todavía tenía lágrimas en la mejilla cuando Risha entró. Las notó inmediatamente y puso su mano en mi rostro para quitarlas suavemente. Unos pocos segundos de felicidad. Me encantaba cuando me tocaba la cara o jugaba con mi pelo. Era lo más cercano a la intimidad humana que se nos permitía a los ángeles. Era casi como lo que siente un niño humano cuando de repente lo besa en la mejilla una niña que juega con él en el jardín.

"¿Por qué llora mi Raqeem?"

"Estaba mirando una boda"-

"Apuesto a que no viste el hermoso vestido que yo tenía puesto".

"¿Tú estabas allí?"

"Por supuesto que estaba allí. Y nadie bailó como yo".

"¿Bailaste? ¿Y con quién?"

"Con nadie, Sr. Celoso. Solamente había dos hombres entre los asistentes. Yune, que se escondió casi todo el tiempo, y Sarmad, que llegó al final. Fue una boda femenina, muy diferente a las que se celebran en los hoteles de Damasco".

"¿Y no estabas preocupada por Yune?"

"¿Preocupada yo? ¡Pero si soy la antítesis de la preocupación! Él va a estar bien. De hecho, todo estará bien. Era una bonita historia de amor hasta que llegó Nur. De todos modos, es hora de seguir adelante. Apuesto a que hay un cilindro resplandeciente".

Al igual que los dos cilindros anteriores, el tercero tenía dos pergaminos.

Era como si el primer pergamino de cada cilindro tuviera la tarea de empezar una nueva fase y el segundo tuviera la tarea de terminarla.

Del interior de las dunas saldrá una llamarada que se verá desde Narvik.

Risha – 8 años.

"¡Qué bien! ¡Ahora es mío y solamente mío!"

"Tal parece, Risha, pero hasta ahí llega lo que logro comprender. ¿Cuáles dunas? ¿Dónde queda Narvik?"

"Narvik me suena a escandinavo. Tendré que buscarlo. Pero sí sé de qué se trata lo de las dunas".

"¿De qué?"

"Durante la boda, Jane me llevó a un lado y me dijo que estaba muy preocupada por Yune hasta que Jawdat le contó que le habían ofrecido un puesto muy prestigioso en Kuwait. ¿Conoces Kuwait?"

"Por supuesto".

"Pero no sabes dónde queda Narvik".

"Sí, vale, Risha. Continúa".

"Pues ella me dijo que pensaba que el traslado a Kuwait le convendría a Yune porque necesitaba sacarse a Maryam de la mente. Por supuesto, ella no sabe que cuando yo termine de trabajar con él, a Yune probablemente le costará recordar el nombre de su hermana".

"¿Sabes qué? Nur y tú tienen mucho en común".

"¿Y por qué estás cambiando el tema?"

"Nada, que se me ocurrió contarte que ustedes dos tienden a ser muy sarcásticas. ¿O quizás debo ser más diplomático y decir 'ingeniosas'?"

"Puede que ella sea sarcástica, pero yo definitivamente soy ingeniosa. Ingeniosa y hermosa. Me salió en verso... Ingeniosa, hermosa. hermosa, ingeniosa".

"Basta, Risha".

"Entonces déjame continuar con mi fascinante historia. Si todo sale bien, se mudarán a Kuwait antes de finales de agosto".

"¿Tú también?"

"¿Yo? Por supuesto. ¿Ya olvidaste que se supone que yo debo ir? Lo perseguiré durante los próximos ocho años. Por donde quiera que Yune vaya, verá una versión de mí misma".

"Vale, Risha. Debo admitir que lograste que mi mente se apartara de la imagen de la boda".

"Nada más siéntate, relájate y mírame. Y no olvides averiguar dónde queda Narvik".

"¿Adónde vas?"

"Me voy a Kuwait. Debo solicitar un puesto en ASK".

"¿ASK?"

"American School of Kuwait, la escuela estadounidense de Kuwait".

"¿En serio?"

"Mi querido Raqeem, ¿qué podría seducir más a un niño de diez años que su hermosa bibliotecaria?"

❖

Más tarde ese mismo día, Nur entró en mi cueva. Parecía estar verdaderamente furiosa.

"Sólo quiero decir que respeto profundamente el contenido de estos pergaminos, pero no parece tener ningún sentido que Risha esté a punto de acabar con todo lo que he logrado en los últimos dos años tanto con Maryam como con Yune. ¡Risha! ¿Por qué Risha?"

"Sabes bien que no es cortés disentir de estos mensajes, Nur".

"Parece que tú has olvidado que los ángeles estuvieron en desacuerdo con la creación de Adán mismo. Lo que no es correcto es que me guarde estos sentimientos".

"Bueno, ahora los has expresado. Tendremos que confiar en que todo saldrá bien".

"¿Que todo saldrá bien? ¡Ahora incluso hablas como Risha! Gracias por nada".

"Espera, tengo que preguntarte algo. ¿Tú sabes dónde queda Narvik?"

Nur me dio una mirada iracunda y salió de mi cueva.

❖

Yune estaba nervioso en su primer día en la academia ASK. Había demasiadas cosas nuevas: la ciudad, la casa, el clima, la escuela, los estudiantes, los maestros. Nada parecía normal. Cuando anunciaron que no tendría clase el sexto período de la jornada, decidió usar ese tiempo para visitar la biblioteca. Quizás podría desahogarse con un buen libro.

"Soy la Señorita Trisha, la bibliotecaria. Esta debe ser tu primera vez aquí, ¿no? ¿Puedo darte una gira?"

De repente Yune sintió como si estuviera en otro planeta. La bibliotecaria tenía algo que Yune no podía comprender. Sentía algo que lo dejaba con una sensación extraña de fragilidad en el estómago cada vez que la miraba. Cuando miró hacia abajo, vio las zapatillas de madera de tacones altos. Al mirar hacia arriba, vio la camiseta negra que contrastaba con el pelo castaño claro de la mujer. Pero era su sonrisa lo que más cautivaba a Yune. Esa sonrisa que parecía decir "Ven a mí. Ven a mí cuando te intimiden; ven a mí cuando la Señorita Jackson, tu maestra de matemáticas, decida que definitivamente estás por debajo de la media; ven a mí cuando Sarah, la chica que se sienta junto a ti, se dé la vuelta cuando le des los buenos días; ven a mí cuando Kuwait te agobie con su calor y su humedad; ven a mí, Yune, que yo estaré aquí esperándote".

La Señorita Trisha se detuvo frente a uno de los estantes y parecía estar explicándole a Yune algo sobre la colección de películas, pero él no escuchaba. Era como si todavía estuviera tratando de entender las dimensiones de su sonrisa. De repente la escuchó decir:

"¿Qué decidiste? ¿Vas a empezar con *La Hija de Ryan* o con *El Intermediario*?"

Yune tomó una de las cintas de vídeo de la mano de la Señorita Trisha y dijo: "Hoy pediré prestada ésta". Dicho esto, se dio la vuelta y caminó en línea recta hacia la puerta, tratando con gran dificultad de mantener los pies en la tierra.

Y así empezó una fase que Risha llamó "La educación de Yune". Con frecuencia la visité en su casa de Kuwait y le pedí que me explicara exactamente lo que estaba haciendo con el niño. Pero Risha siempre podía acallar mis preocupaciones, aunque nunca pude deshacerme del todo de cierto nivel de incomodidad.

"¿Por qué empezaste su educación con una película sobre una historia de amor entre una chica irlandesa del campo y un soldado inglés?"

"Hay mucho más en *La Hija de Ryan* que una mera historia de amor".

"¿Como por ejemplo...?"

"Como por ejemplo su voluntad de luchar contra todo en nombre de su amor. Rosy, la hija de Ryan, va por amor en contra de su gente, su padre, su marido y, lo que es aún más importante, contra su sentido mismo de identidad. Hace todo esto sufriendo humillaciones y casi encontrando la muerte".

"No veo la conexión entre esto y Yune".

"Mira, ninguno de nosotros sabe lo que se supone que Yune debe llevar a cabo, pero sí sabemos que encontrará mucha resistencia. Todo aquel que trata de reformar algo en este planeta encuentra resistencia".

"Sí".

"Entonces, no es de extrañar que Maryam compartiría con él la historia de Bisher Descalzo. No te rías, pero La Hija de Ryan no es más que una variación de la historia de Bisher".

"Qué interesante. Estoy seguro de que Nur hallaría tus conexiones fascinantes".

"¿Y por qué tienes que hablar de Nur?"

"No me mires así".

"Sigo esperando la respuesta".

"Estaba tratando de ponerle un poco de humor a nuestra

conversación. Perdóname, no se repetirá".

"Perdonado, pero de todas formas planeo hacerte cosquillas".

La imagen de Risha haciéndome cosquillas fue suficiente para distraerme de la selección de películas, pero *La Hija de Ryan* era sólo el principio. *El Intermediario*, *En Algún Lugar del Tiempo* y muchas más le siguieron. La última película que recuerdo que ella compartió con Yune fue la que me preocupaba más que todas: ¡*Gigoló Americano*! Estaba tan molesto con esto, que consideré reportarle a Wahi que Risha no estaba haciendo su trabajo del modo dispuesto. Pero una vez más Risha me dejó mudo. Hasta me hizo sentir culpable por cuestionar sus acciones.

"Mira, Yune es un adolescente. Ya tiene trece años, y como todos los adolescentes, tiene muchos pensamientos sexuales. No me mires así. ¡Bien sabes que los tiene! Por eso escogí una película de tema sexual. Sí, eso hice. Pero se trata sólo de una especie de marco. El contenido, el fondo verdadero es la mujer que lo sacrifica todo, su riqueza, su seguridad y su reputación, por el hombre que ama. Para mí, y a su vez para Yune, porque como bien sabes yo siempre tengo una charla con él acerca de las películas que comparto con él, la película entera se trata de ese breve encuentro entre Julián y Michelle, la esposa de un senador importante, después de que ella confesara a la policía haber estado con él en la noche en que sucedió un crimen. Lo hizo sabiendo que lo tiraba todo por la borda, su vida entera. Me sé el guion de memoria. Sucede en la estación de policía. Están separados por una barrera de cristal, y deben utilizar micro teléfonos para hablar".

Julián le dice: "No tenías que hacerlo, Michelle. Podrías haberme echado al olvido". Y Michelle le responde: "Preferiría morir". Luego, Julián le pregunta: "¿Por qué lo hiciste?" Y Michelle le da una hermosa respuesta estilo Bisher: "No tenía opción". Y luego le dice, "te quiero". Julián la escucha, pero como si no pudiera creer que el amor de verdad existe, suelta el teléfono y susurra: "Por Dios, Michelle... he tardado tanto para llegar a ti".

¿Ves? Es el Bisher Descalzo otra vez. Todas las películas que comparto con Yune tienen a un Bisher oculto. Todas tienen la voluntad de Bisher de dejarlo todo y correr descalzo a su destino".

"Risha, no sé qué decir".

"¡Quiero que digas exactamente eso en presencia de Nur!"

❖

A Yune le fascinaban los libros de filosofía y religión. A menudo, durante los largos períodos que pasaba en la biblioteca, buscaba obras de filosofía avanzada. Ayudado por un diccionario leía con mucha atención, como si estuviera preparándose para dar un examen. Risha no favorecía, pero tampoco desalentaba la actividad, pues lo que realmente le importaba era que Yune tuviera deseos de leer los libros que ella había seleccionado para él.

La mayoría de los libros eran de poesía y había unas cuantas novelas. Lo había puesto a leer a Blake, John Donne, Lord Byron, Yeats... ¿qué hizo que se centrara en los Románticos?

"Que son espirituales y sensuales a la vez, o sea, ¡muy parecidos a mí!"

"Estoy hablando en serio, Risha".

"Raqeem, lo que quería que Yune experimentara era la visión de los poetas del sendero, ese hermoso recorrido hacia el destino propio, cualquiera sea ese destino. Es como el relato del Corán sobre el viaje que Moisés emprendió para conocer a su maestro espiritual: 'Llegaré al lugar donde se unen dos mares así tenga que viajar durante siglos'. ¿No es ese el mismo recorrido que invoca Blake?

> Cabalgaré diez mil días y sus noches,
>
> Hasta que la nieve de la edad vuelva mi pelo blanco,
>
> Tú, al regresar me contarás,
>
> Todas las maravillas extrañas que te acontecieron,

¿O el de John Donne?

> Querido niño, yo también he navegado la noche entera
>
> por corrientes agradables en el país de los sueños;
>
> Pero aunque las aguas fuesen tranquilas, cálidas y amplias, no podía llegar al otro lado.

¿O incluso el de Lord Byron?

> Quisiera ser ese niño sin problemas,

Todavía viviendo en mi cueva de las colinas,

O vagando por la selva oscura,

O saltando sobre la ola azul oscuro;

¡Pero nadie lo dice más hermosamente que Yeats!

¡Márchate, oh niño humano!

A las aguas y a la selva

Con un hada, tu mano en la suya,

Pues el mundo está más lleno de lágrimas de lo que puedes comprender".

"Hermosos versos. ¿Y cuándo memorizaste todo esto?"

"Tengo memoria fotográfica. Todo que leo, se queda en mi memoria, pero por supuesto solamente si me gusta lo que he leído".

"Qué interesante. Me aseguraré de que esta cualidad tuya se utilice a cabalidad. Pero realmente no comprendo por qué te has centrado en el recorrido".

"Mi estimado Raqeem, es porque, cuando Yune esté listo, empezará su propio recorrido. Recuerda las palabras del pergamino:

... saldrá una llamarada que se verá desde Narvik.

"A propósito, Narvik está en el norte de Noruega".

"Lo sé, lo sé. Lo busqué. ¿Qué podría llevar a nuestro Yune a Narvik...?"

"No te preocupes. La Señorita Trisha se encargará de ello. Ah, y por favor deja de dudar de mí".

❖

2

Londres – junio de 1980

Era el verano de 1980 cuando Yune hizo su primer viaje. Había visto un anuncio en la escuela invitando a los estudiantes a inscribirse para participar en un viaje a Londres. Los estudiantes estarían acompañados por la Señorita Trisha, la hermosa bibliotecaria de ASK y la persona favorita de Yune en la tierra en este momento.

Después de ver *Evita*, *Los Miserables*, y *Gatos*; después de hacer giras por el Támesis, y de visitar la Torre de Londres y el Museo de la Sra. Tussaud, después de caminar por el Parque Hyde llevando pescado frito con papas a la francesa en bolsas de papel, y después de correr para ampararse de las lluvias repentinas y frecuentes, después de dos semanas de desayunar, almorzar y cenar con la Señorita Trisha, después de todo esto, a Yune y a dos de sus amigos, Adib y Sameer, se les permitió experimentar a Londres de noche sin ser supervisados por la Señorita Trisha. Aunque tenían que regresar antes de las once y llevaban una larga lista de instrucciones con lo que debían y no debían hacer, esta era su noche para explorar y conquistar.

Primero fueron a Piccadilly Circus. Ya habían estado allí, pero querían estar allí sin la mirada atenta de la Señorita Trisha. Cuando sintieron hambre, tomaron el metro a Oxford Circus, donde les habían dicho que había muchos restaurantes buenos. Pero hablaron y hablaron, y se distrajeron tanto, que no se dieron cuenta que se les había pasado la parada. Se bajaron en Maida Vale, una estación pequeña y bastante antigua. Parecía que habían pasado siglos hasta que llegaron al final de la empinada escalera eléctrica. Al salir de la estación observaron a su izquierda un restaurante japonés llamado Chosan.

Adentro, el lugar tenía aspecto de salón de té japonés. Los saludó una camarera que se acercaba a sus 30 años de edad. Llevaba

Omar Imady

puestos un kimono y calcetines blancos. Los saludó y les pidió que se quitaran los zapatos. Después de hacerlo, ella los llevó a una de las mesitas cercanas a la ventana. Sonrieron al sentarse en las esteras tradicionales tatami. Momentos más tarde regresó con los menús, y al entregarle uno a Yune, le tocó el hombro y se lo apretó ligeramente. Yune estaba sorprendido y confundido, y al girar la cabeza se encontró con la sonrisa de la chica, pero no era la sonrisa de alguien que acababa de hacer algo por error ni la sonrisa de un adulto que trataba de hacer que alguien mucho más joven se sintiera cómodo. No. Era la sonrisa de una mujer que acababa de hacer algo serio y no sentía absolutamente ningún remordimiento. Los amigos de Yune no se dieron cuenta de lo que había sucedido, y Yune decidió ignorar el gesto. Pero luego, cuando llegó la comida, la chica le puso la mano en la parte posterior del cuello y le acarició el pelo suavemente con los dedos. Esta vez, cuando la miró, ella le preguntó si le gustaba la comida. Yune, que ni siquiera había tenido la oportunidad de probar nada todavía, se ruborizó y asintió con la cabeza. Sin embargo, ahora sus amigos sí habían notado la extraña muestra de afecto, y Yune tuvo que soportar sus bromas.

"¡Ah, no sabíamos de tus conexiones japonesas!"

"¿Qué hace que las camareras se sientan atraídas hacia ti?"

Yune comió rápidamente con la esperanza de que todo terminara rápidamente. Pero quedaba más, mucho más por ocurrir.

"¿Qué tipo de postre te gustaría probar?" Le preguntó la camarera a Yune, ignorando la presencia de sus amigos. Cuando Yune hizo un gesto para indicar que estaba lleno y ya no podía realmente comer más, ella añadió: "Entonces debes probar nuestro té, es té verde con jazmín, que se conoce por sus efectos curativos". "Sí". dijo Adib. "Tiene fuertes poderes curativos". Yune pidió en ese momento la cuenta con voz firme, y momentos después se dirigía hacia la puerta. Se puso los zapatos, dio un paso afuera y esperó a que sus amigos salieran. Sin embargo, la primera que salió fue la camarera. Se apresuró hacia él como si fuera el amor que había perdido hace largo tiempo. Lo irónico es que Yune parecía más intrigado por los pies de la chica. Pensar que ni siquiera se había molestado en ponerse zapatillas o zapatos antes de salir del restaurante, un detalle aparentemente insignificante, parecía ser el centro de atención de Yune y estaba tan embelesado que cuando ella lo agarró por el brazo y empezó a andar a su lado, él no mostró ninguna resistencia. Sus amigos los alcanzaron y preguntaron qué pasaba. Yune les pidió que se fueran solos. Les prometió que pronto los seguiría. Le recordaron a la Señorita Trisha y le indicaron que estaba desobedeciendo todas sus instrucciones. Repitió su petición de que lo dejaran solo y se fue con …

"¿Cómo te llamas?"

"¿Cómo quieres que me llame?"

"Rosita. Esta noche eres mi Rosita. ¿Por casualidad conoces la película *La Hija de Ryan*?"

En ese momento me pregunté si debería dejar de mirar el vídeo y mejor viajar a Londres. Quería preguntarle a Risha si sabía dónde estaba Yune esta noche. Con quién estaba. Y en qué estaba aparentemente a punto de meterse. Pero el pensamiento de que me dijera que otra vez había desconfiado de ella detuvo mis impulsos.

Yune y la chica tomaron el metro hasta Marble Arch y desde allí tomaron el autobús 159 a Sreatham, en la periferia del sur de Londres, donde se hospedaban Risha y los estudiantes de ASK. Durante el trayecto estuvieron callados casi todo el tiempo. Siempre que Yune la miraba, ella le decía "después de tanto tiempo volvemos a reunirnos". Yune sonreía y sacudía la cabeza. Algo en su interior le debe haber dicho que la chica estaba loca, pero su atención seguía centrada en los pies con calcetines blancos.

Se bajaron cerca de Streathan Common, un parque grande a sólo minutos de la casa en la que estaba alojado, pero Yune no se dirigía hacia la casa. Él y la chica estaban caminado directamente hacia el parque. El césped estaba húmedo. Rosita se quitó los calcetines. Yune miró hacia atrás, quizás preguntándose si ella estaba dejando pistas deliberadamente. Yune miró hacia abajo, quizás preguntándose cómo se sentía la humedad en los pies descalzos… Llegaron a una colina donde había dos robles grandes. ¿Por qué quisieron estar en un lugar apartado? Yune simplemente fijó su mirada en Rosita mientras ella le quitaba la camisa. Comenzó a besarlo suave y lentamente, primero en la frente, luego en la nariz y por último en los labios. El instante pareció durar una eternidad. Independientemente de la reacción de Risha, yo estaba decidido a llegar a Streatham Common en cuestión de segundos, disfrazado por primera vez desde mi llegada a la tierra como un atracador despiadado. Solo bastaba que ese beso evolucionara al inevitable siguiente paso. ¡Pero Yune resultó estar lleno de sorpresas! Apartó su cabeza de la de la chica. De hecho, apartó todo su cuerpo. Inclinó luego la cabeza hacia adelante, se paró delante de la chica, le susurró algo al oído y se fue. Ella no lo siguió. ¿Esperaba a que regresara?

Yune caminó con paso rápido a la casa. Adib estaba sentado en las escaleras que llevan a la puerta. "¿Dónde cuernos estabas? ¡Es casi la medianoche!" Yune lo ignoró, entró y subió a la habitación de Risha. No golpeó antes de entrar. Ella estaba sentada en la cama y miraba fijamente hacia la ventana abierta. Él se apresuró hacia ella, puso la cabeza en su regazo y rompió en llanto. Risha le colocó la mano en los ojos y le dijo "Cálmate, mi niño. Cálmate. Todo será hermoso, lo prometo".

❖

Narvik - julio de 1983

En el verano de 1983, Yune se embarcó en un viaje a Narvik, un pueblo del norte de Noruega, unos 220 km al norte del Círculo Polar Ártico. Risha le dio la idea a Yune por primera vez cuando compartió con él un libro titulado "Noruega: la tierra del sol de medianoche". Poco después, hizo que viera la película "El Hombre que Sería Rey", que se trata de un viaje de dos hombres por Kafiristán, una provincia exótica del noreste de Afganistán que ahora se conoce como Nuristán. Yune no parecía estar conmovido con la historia, así que Risha decidió que le presentaría a Maya, una estudiante de ASK cuyo padre era de Siria y cuya madre era de Noruega. El desafío no era tanto disponer el sitio para que interactuaran, pues la biblioteca era desde luego un lugar ideal, sino más bien asegurarse de que ocurriera algún tipo de interacción química positiva entre ellos. Maya era tímida y reservada. Nunca había tenido novio y parecía que la idea no le interesaba en absoluto. Por otra parte, Yune solamente estaba interesado en una mujer: Risha. Ella, que además de ser heredera de la estética y la voz espiritual de Maryam era el objeto de los deseos y las fantasías de adolescente de Yune.

Risha decidió que tendría que confiar en Maya. Después de todo, la falta de interés de Maya en los chicos parecía algo más fácil de conquistar que el abrumador interés de Yune en su bibliotecaria. Y fue así como Risha emprendió lo que casi constituía una infracción de las pautas sobre el tipo de conducta que podemos inducir en los humanos. Risha indujo en Maya una eléctrica obsesión con Yune.

Una tarde de febrero vi a Maya caminar lentamente a donde Yune estaba sentado en la biblioteca. Había heredado los ojos castaños oscuros de su padre, pero su estatura y el color de su pelo eran claramente noruegos. Sonrió y se sentó. Yune leía un libro llamado "La Unidad de Dios - Implicaciones para el Razonamiento y la Vida". La miró atentamente por unos segundos. Al igual que todas las niñas que estudiaban en ASK, Maya vestía una falda de color azul oscuro y una blusa blanca. Llevaba el pelo trenzado y recogido en la parte de atrás de la cabeza.

"La Señorita Trisha me dijo que te interesa Noruega".

"Ah, ¿sí?"

"Sí. Me encantaría hablar contigo acerca de Noruega. Mi mamá es de Oslo, la capital de Noruega".

"Lo sé".

"¿Cómo lo sabes?"

"Quiero decir, sé que Oslo es la capital, pero no sabía que tu mamá era de allí".

"Ah, ya veo".

Maya soltó una risita y tocó a Yune en un gesto aparentemente inocente de cariño. Yune parecía estar confundido. No esperaba que el contacto de la mano de Maya sobre la suya se sintiera tan dulce, tan tibio. Quiso reaccionar, decir algo:

"Entonces, ¿cuándo vamos a empezar a hablar de Noruega?"

En los meses posteriores a este encuentro, Yune disfrutó e incluso apreció el tiempo que pasó con Maya. Sus primeros experimentos con la escritura de poesía fueron inspirados por su deseo de compartir con ella sus pensamientos y sentimientos. A veces incluso compartía el mismo poema con Maya y Risha. Pero Risha tenía cuidado de no hacerle sentir que estaba siendo desleal ni que tenía algún conflicto interior. Lo que a Risha más le interesaba principalmente era asegurar que lo que sucediera entre Yune y Maya llegara a convertirse finalmente en la base de un viaje al país del sol de la medianoche.

Aunque el padre de Maya era liberal en muchos sentidos, la idea de que su hija se reuniera con Yune frecuentemente no era algo que podía tolerar fácilmente, pero Maya tenía un hermano, Basel, de quien Yune se volvió amigo rápidamente. Basel se convirtió en la excusa perfecta para que Yune visitara la casa de Maya a menudo. Y muchas veces durante tales visitas, el tiempo que Yune podía pasar con Maya era muy corto. Aun cuando el padre de Maya no estuviera en la casa, tanto la madre como la hermana mayor insistían en mantener las visitas de Yune exactamente como lo que pretendía que eran, visitas a Basel. Raras veces se encontraba solo con ella en la parte alta de la escalera de su edificio de apartamentos. Se sentaban en el suelo cerca de la puerta cerrada de la azotea del edificio tomados de las manos y preguntándose si alguien los había visto subir las escaleras, y si alguien los vería bajar.

Fue durante los largos períodos que pasó en la habitación de Basel, esperando que Maya encontrara una nueva excusa para pasar por la habitación de su hermano, así fuera por unos momentos, que empezó a planear los detalles de un viaje a la tierra del sol de la medianoche. Fue la madre de Maya quien propuso incluir a Narvik cuando se dio cuenta de que les interesaba visitar el norte de Noruega. Yune recordó las historias sobre Narvik que le había relatado Risha, y recibió la idea con entusiasmo.

Maya y su familia partirían hacia Oslo en sus vacaciones anuales a finales de junio, y Yune iría a mediados de julio. Iba a pasar unos días en Oslo, y luego todos comprarían billetes de tren que les permitirían viajar a cualquier parte de Escandinavia durante dos semanas. Tenían que llegar a Narvik antes del 18 de julio, que era el último día en que el sol estaría por encima del horizonte.

Un día antes de emprender su viaje a Oslo, Yune buscó a Risha en la biblioteca.

"Me voy mañana", le dijo.

"¿Mañana?"

"Mañana".

"¿Hasta Narvik?"

"Sí".

"Quiero que me prometas algo".

"Vale, lo que digas".

"Abre la mano".

Yune abrió la mano y se quedó mirándola, esperando. Risha le puso un pequeño sobre de un fuerte tono de amarillo en la mano y le dijo:

"Cuando veas el sol de medianoche, deseo que abras este sobre y recites las palabras que contiene".

Yune asintió con la cabeza y se dirigió a la entrada principal de la biblioteca. Se paró allí por unos segundos, como si quisiera grabar la imagen de Risha en sus ojos, y luego salió.

❖

Era sábado por la mañana, 16 de julio, cuando Basel y Yune se subieron a un tren que iba de Oslo a Trondheim. Llegaron alrededor de siete horas después. Luego tomaron otro tren a Storlien, que queda en la frontera con Suecia. No se podía llegar a Narvik directamente desde Trondheim, y de hecho tuvieron que viajar al este, a Suecia, y luego sí al noroeste, hasta Narvik. De Storlien viajaron a Ãnge y luego a Boden, adonde llegaron después de más de veintiuna horas. Estaban agotados, hambrientos y, lo que era aún más importante, se sentían incapaces de montarse en más trenes. Aunque estaban a sólo seis horas de Narvik, Basel insistió en que debían pasar la noche en Boden y luego tomar un tren hacia el sur, a Estocolmo. Cancelados quedarían Narvik y su sol de medianoche.

"Yune, oye, que ya yo he tenido bastante de esta "naturaleza". Bonita es, pero yo deseo la civilización. Quiero estar en una ciudad moderna de Escandinavia ya mismo".

"¿Y qué del sol de medianoche?"

"¿Podemos por favor olvidarnos del sol de medianoche? Ya cansa el tema. Mira, anoche todavía hacía sol alrededor de las once. ¿Qué hace entonces que ver la luz solar a la medianoche sea tan especial?"

"No es eso. Es la vista de la puesta de sol por encima del horizonte".

"Pero hombre, eso solo pasa si el cielo no está nublado. Todas las personas con las que hemos hablado han dicho que casi siempre está nublado".

Yune vaciló. En su mente bailaban los pensamientos de una cama de verdad en Boden, y después un buen restaurante en una ciudad como Estocolmo. Y cuando me preguntaba si el complicado plan de Risha estaba a punto de descomponerse, apareció una jovencita vestida con un traje de color amarillo intenso. Caminó por la plataforma como si fuera una pasarela. Yune la miró intensamente y se llevó casi por reflejo la mano al bolsillo en donde llevaba el sobre pequeño que le había entregado Risha. Lo miró un instante y volvió a metérselo al bolsillo. La mujer del vestido amarillo ahora estaba delante de Basel y Yune.

"Perdonen, ¿saben a qué hora llega el tren a Narvik?"

Aunque la pregunta era para ambos, su mirada era para Yune.

Yune contestó:

"Llegará en media hora más o menos, cuarenta minutos para ser exacto".

"Gracias. Por casualidad ¿van a Narvik también?"

Yune no vaciló:

"Sí, por supuesto. Narvik es mi destino".

Basel tenía la boca abierta con expresión de total incredulidad y gran desprecio.

"Bueno, entonces les deseo un muy buen viaje a Narvik". Dicho esto, Basel salió de la estación.

Yune y Ana, el nombre de la mujer, se sentaron juntos luego y compartieron sus historias sobre la vida y sus sueños. Le dijo cuánto le recordaba ella a una mujer que era mucho más que una bibliotecaria, y ella le habló de toda la belleza que esperaba ver en Narvik. En algún momento del camino Yune se durmió, y cuando finalmente se despertó en la estación de Narvik, Ana había desaparecido.

Era domingo, 17 de julio, alrededor de las dos de la tarde, cuando Yune llegó a un pequeño hotel de Narvik. Allí tomó una ducha caliente y luego disfrutó inmensamente poder acostarse en una cama cómoda. Pensó en Basel y lo que el chico podría estar haciendo en Boden. Pensó en Maya en su casa de Oslo y pensó en la Señorita Trisha en medio de sus libros y sus películas. Eran casi las diez cuando Yune salió de la habitación. Le preguntó a un hombre en la recepción cuál era el mejor lugar para ver el sol de medianoche.

"Pues en verdad cualquier sitio es estupendo esta noche. El cielo está tan despejado... Toma el tranvía a la cima de la montaña. Queda muy cerca del hotel. Desde allí la vista del sol de medianoche es hermosa".

Y la noche del 17 de julio Yune efectivamente estuvo parado en el Monte Fagernesfjellet, arriba de Narvik. Momentos antes de la medianoche, cuando el sol alcanzaba el punto más bajo por encima del horizonte, abrió el sobre amarillo que le había dado Risha. Consternado descubrió que adentro había un poema que él mismo había escrito una vez y había compartido tanto con Maya como con Risha:

Unos minutos antes de la puesta del sol

Llega un ángel llega

Para reunir a un mundo

Que bailaba debajo del sol.

Tu mente bailaba para llamar a la lluvia

Tu corazón bailaba para abrir una ventana.

Tu cuerpo bailaba para tener un marco.

Pero una voz susurró desde lejos:

Que los fragmentos pronto se conviertan en un todo.

A menudo me he preguntado por qué Yune tenía que ir a Narvik. ¿Por qué enviar a un chico de diecisiete años al Círculo Polar? ¿Qué se supone que tenía que aprender a través de ese viaje? Tendría sentido si allí hubiera conocido a alguien especial, alguien como el guía espiritual que Moisés conoció en el punto en que los dos mares se encontraron. Incluso "viajar a Narvik en busca de un guía espiritual" podría haber sido el motivo del viaje... pero Yune no conoció a nadie especial. Al llegar, Risha hizo que recitara uno de sus poemas.

Compartí mi confusión con Risha. Ahora que lo pienso, quizá no debería haberlo hecho.

"Entonces ¿por qué enviaron a Yune a Narvik?"

"No puedo creer que me hagas semejante pregunta. Pensé que

los dos lo teníamos bien claro".

"Estás tratándome con condescendencia".

"Me encanta tratarte con condescendencia".

"Parece que tú tampoco tienes idea".

"Por supuesto que sí. Si no hubiera experimentado el mensaje no podría ayudar a su desenlace. Yune tenía que ir a Narvik. Tenía que estar solo en Narvik y tenía que recitar sus propias palabras en Narvik. Tenía que hacer todo eso para aprender una lección muy importante".

"¿Qué? ¿Qué lección?"

"Que a veces en la vida es posible que uno tenga que atravesar una gran distancia y la única persona con la que uno se encuentra en el destino final es uno mismo. Y la única voz que se escucha es la propia".

"¿En serio? ¿Por qué tendría Yune que aprender esa lección?"

"Ahora estás apartándote de mi dominio. Para responder a tu pregunta, tendría que saber cuál es el propósito principal de Yune. Para qué es exactamente que lo están preparando. ¿Conoces la respuesta a estas preguntas?"

"Bien sabes que no".

"Pues a veces me pregunto... Estoy bromeando".

Durante su último año en ASK, Yune demostró que había interiorizado completamente los métodos de su bibliotecaria. Había perfeccionado el arte de la seducción de tal forma, que era el más popular de todos los hombres jóvenes de ASK. Yune dejó a muchas chicas de su edad anhelando algún tipo de contacto con él... Era su camiseta negra, sus vaqueros y sus botas, su pelo largo rubio cenizo, su esbelta figura, casi femenina, y lo más importante, su personalidad: un cruce entre la sensualidad de John Donne y la espiritualidad de Blake. Aunque la Señorita Trisha seguía siendo muy especial para Yune, sus visitas a ella hacia el final del último año estaban más motivadas por su deseo de compartir con ella sus últimas experiencias que por su deseo de aprender o recibir inspiración. Obviamente su educación había concluido.

3

A instancias de su primo materno Robert, Yune solicitó admisión a la universidad Macalester College de St. Paul, en Minnesota. No solicitó admisión a ninguna otra institución, y para mayo ya había recibido su carta de aceptación. Tenía que irse de Kuwait en julio. Confieso que estaba bastante preocupado. Yune parecía estar desinhibido de una forma tan contundente, que la idea de que viajara a St. Paul y asistiera a las salvajes fiestas de los estudiantes de primer año en Macalester me hizo desear que los cinco meses que quedaban antes de poder abrir el segundo pergamino del tercer cilindro se acabaran mañana. Una tarde compartí mis preocupaciones con Risha.

"¿Qué son exactamente las líneas rojas? ¿Qué es exactamente lo que no se le permite hacer a Yune?"

"¿Me preguntas a mí que soy el ángel de la seducción sobre líneas? ¿Líneas rojas?"

"¿A quién más, Risha? Eres su ángel de la guarda durante cinco meses más".

"¡Parece que quisieras que no fuera así!"

"Simplemente estoy preocupado, Risha. ¿Tú no? Si otra vez diera con una jovencita en un parque que estuviera igual de dispuesta y deseosa que la camarera japonesa de aquella vez, ¿se apresuraría a tus brazos de nuevo? Sinceramente lo dudo. Ya no tiene las inhibiciones del pasado".

"Es extraordinario que yo deba ponerte a ti, el ángel responsable de unir senderos contradictorios en un tramo con sentido, en la onda correcta. ¿Cómo se te puede ocurrir que las inhibiciones de Yune eran responsables de impedir que infrinja esas cosas a las que llamas líneas rojas? Incluso al tener en cuenta todo lo que ayudamos a facilitar, muchas más cosas están ocurriendo. Lo que estoy tratando de decir es..."

"¿Que simplemente no puede fracasar?"

"Sí, Raqeem. Y no es porque seamos tan buenos en lo que hacemos".

"¿Es porque además de nosotros, el diseño tiene sus propios agentes encubiertos que intervienen cuando nosotros no podemos?"

"O quizás es porque sencillamente el propósito de Yune no puede desviarse incluso si Yune mismo trata con todo de desviarlo. ¿Te acuerdas de Jonás?"

"¿El que dio origen al nombre de Yune?"

"Sí, el Yunus de la Biblia y del Corán. Él trata de evadir su propósito y acaba dentro de una ballena, para luego ser arrojado por esta en la costa a fin de que cumpla con el que era su propósito desde el principio: invitar a su ciudad a acoger el monoteísmo".

"En otras palabras, el intento de evasión del diseño forma parte del diseño".

"¡Qué bien lo has dicho, Raqeem! Y si yo no paro de hablar así, empezaré a sentir que soy otra persona. Creo que ya lo soy, y no estoy segura de apreciar la sensación".

"¿Nur?"

"Sí. Sí. Basta de Nur, por favor. Ten fe, mi querido Raqeem, y deja de preocuparte por líneas, ¡rojas o de cualquier otro color!"

❖

En julio Yune se despidió de Kuwait. Su último encuentro con Maya fue muy dulce. Llegó a su casa poco después de que el padre saliera a trabajar. Tenía puesta un pijama rosa de franela. Mientras la madre de Maya preparaba el desayuno en la cocina, ellos estuvieron parados en la puerta intercambiando unas pocas palabras. Le tomó la mano como si quisiera decirle "Gracias. Lamento mucho no poder amarte de la hermosa manera en que tú me amaste".

Su despedida de Risha fue más intensa. Salió de la biblioteca solamente después de haber hecho que ella le prometiera que le escribiría cada semana, que lo llamaría por lo menos una vez al mes y que haría todo lo posible para visitarlo en St. Paul. Luego se armó de valor y la besó en la mejilla, un beso largo que expresaba ocho años de gratitud, y que me hizo sentir un poco de celos. Desde luego no tenía idea de que Risha ya había planeado su reaparición en St. Paul, esta vez como una de las personas a cargo de Dupre Hall.

Yune planeó su viaje a St. Paul con el mismo nivel de detalle que le dedicó al viaje a Basilea y de la forma en que había planeado alguna vez su viaje al norte de Escandinavia. Mientras más viajaba en autos, trenes y barcos, menos le gustaba la idea de volar. Partió de Kuwait en auto hacia Damasco con uno de los amigos de su padre. De Damasco fue en autobús a Tartus, un puerto sirio del Mediterráneo donde se embarcó en un buque ruso de carga que se dirigía a Limassol, Chipre. Allí se reunió con Hadi, un amigo suyo de Kuwait que había llegado antes en avión. Después de permanecer unos días en un hotel predominantemente ocupado por prostitutas asiáticas, elegido por Hadi, viajaron en barco a Venecia. Veinticuatro horas después llegarían a la ciudad del amor y el romance. Una semana más tarde tomaron un tren a Roma, donde jugaron con mis nervios durante unas dos semanas. A principios de agosto Yune se despidió finalmente de Hadi y abordó un tren hasta Southampton. Esto por supuesto ocurrió antes de que un tren pudiera cruzar el canal, así que tuvo que atravesarlo en transbordador marítimo, hacer una parada en Londres, y por último tomar de nuevo el tren a Southampton. ¿Por qué Southampton? Porque el 5 de agosto Yune se embarcaría en el Queen Elizabeth 2 para atravesar el Atlántico elegantemente en seis días. La madre, la abuela, la tía y el primo de Yune lo esperaban en el puerto de Nueva York. Después de unos días en la casa familiar de Jane en Nuevo Rochelle, NY, Yune y su madre viajaron en un tren de Amtrak. Primero fueron a Evanston, donde vivía la hermana de Jane (la madre de Robert) y por último a St. Paul, adonde llegaron el 26 de agosto de 1984.

De todos los momentos en que me preocupé por Yune durante su largo tránsito hasta St. Paul, a pesar de las palabras consoladoras de Risha, ninguno fue más intenso que el tiempo que pasó en Roma. Fue allí donde Yune conoció a Beatriz, una jovencita suiza que recorría Italia. De cierta forma todo podría atribuirse a los pies. Así es, ¡a los pies! Específicamente los pies femeninos acariciando el agua de la fuente de las Náyades en la Plaza de la República. Yune había dejado que Hadi disfrutara su café espresso en un lugar cercano para mirar la fuente de cerca. Allí lo esperaban cuatro ninfas esculpidas por Mario Rutelli y una quinta que disfrutaba el agua con los pies sumergidos, la falda recogida por encima de las rodillas. Tenía la piel blanca, con un tenue toque rosa. Siempre he sabido que Yune tenía una especie de fijación con los pies. Vi detalladamente cómo observaba los pies de su bibliotecaria durante horas. Y Risha sin duda se aprovechaba de la situación y cambiaba de sandalias, zapatillas y suecos todos los días. Pero no recuerdo haberle visto tan embelesado. ¿Era por la presencia de las ninfas de Rutelli que llenaba el aire de sensualidad, o era simplemente por los pies de esta mujer jugando con el agua? ¿O era por las dos cosas? Luego se le acercó.

"Lo que estás haciendo puede ser muy peligroso".

"¿Peligroso? ¿Por qué, es por el agua?" Respondió con su acento alemán. "No. Es peligroso para los ojos".

"¿Los ojos? ¿Los ojos de quién?"

"Los míos".

"Perdona, pero no comprendo".

"Si tus hermosos pies siguen frotándose uno con el otro en el agua, quizás tenga que pedirte que me acompañes a comer helado de limón".

La chica vaciló, luego se ruborizó, después sonrió, y por último asintió con la cabeza.

En cuestión de minutos Hadi había pasado al olvido, y los dos se dirigieron a la heladería que tenía una versión italiana de helado de limón muy intenso. Pero aunque Yune había tomado la iniciativa, esta joven de rizos rubios y cortos tomó el control en poco tiempo.

"Los limones son muy atractivos, ¿verdad?"

"Sí".

"¿Quieres probar mi helado?"

"Pienso que el mío se parece mucho al tuyo, pero vale".

Yune esperaba que la chica le acercara la cuchara a los labios. Pero lo que recibió fue unos labios llenos de helado de limón, y en un instante lo estaban besando como nunca antes lo habían besado.

Mantuvo los ojos abiertos, como si quisiera expresar su desconcierto ante la mezcla de sensaciones que experimentaba. Cuando la conversación cambió al sitio donde ella se alojaba, su hotel resultó estar bastante cerca y ella estaba ansiosa por mostrarle la vista desde su ventana. Y entonces yo tuve que intervenir, de una forma que nunca podría confesar a Risha.

"¿Dónde has estado?" Preguntó Hadi, claramente perturbado y nada impresionado por la presencia de Beatriz, que ahora estaba sentada en el regazo de Yune.

"¿Cómo me encontraste?"

"Pues si no fuera por Alberto, nunca me habría enterado de que estabas aquí".

"¿Alberto? ¿Quién es Alberto?"

"¿Me estás preguntando? Pero si lo enviaste tú. ¿Podemos irnos? Gusto en conocerte ..."

"Beatriz".

"Vale, Beatriz. Lo siento mucho, pero de verdad tenemos que irnos".

Dicho esto, Hadi prácticamente sacó a Yune de la silla.

St. Paul – Otoño de 1984

Yune y su madre llegaron a St. Paul a finales de agosto. Entraron a la Universidad de Macalester con un baúl negro y grande. Jane había hecho sus averiguaciones y además había preguntado a muchos de sus amigos y a los amigos de sus amigos, y el consejo unánime era la compra de un baúl, una chaqueta rellena de plumas, botas impermeables, ropa interior térmica y muchos suéteres. Sin embargo, el clima de St. Paul en agosto era caluroso y húmedo. Yune decidió no discutir con su madre el propósito exacto del baúl ni de su contenido. Estaba demasiado ansioso de entregarse a la vida universitaria. La abrazó y le dio las gracias por todo lo que había hecho.

"Toma. Estos son algunos números de teléfono que quizás necesites".

Yune le dio un vistazo al papel.

"¿Centro Islámico?"

"Sí. Hay uno en Columbia Heights, no muy lejos de aquí".

"Gracias, mamá. Avísame cuando llegues. Te quiero".

Yune dejó a su mamá en la cafetería de estudiantes para que terminara su café.

En pocos minutos la recogería un taxi para llevarla al aeropuerto. Yune caminó hacia Dupre Hall arrastrando su pesado baúl negro y preguntándose por qué cuernos querría ponerse en contacto con un Centro Islámico aquí, en Minnesota, cuando en el mismo Kuwait raras veces acompañó a su padre a la oración del viernes. Lo que no sabía era que en menos de cinco meses estaría conduciendo a Columbia Heights en medio de una gran tormenta de nieve en busca del mismísimo Centro Islámico.

❖

"Me llamo Debra Koch. Bienvenido a West Dupre. Tu dormitorio es este, el 201, y lo compartirás con Chris. Es un tipo bien simpático. Es de Nueva Jersey".

Yo podía casi oír los pensamientos de Yune: "Esta Debra tiene algo..." Esperó hasta que ella se fuera y empezó a sacar cosas del baúl. De repente el dormitorio se llenó de los sonidos de Elvis Costello y su canción "You better watch your step" (ten cuidado adónde pisas). Chris había entrado en el dormitorio e inmediatamente había iniciado su ritual de llegada, que consistía en oprimir el botón de reproducción de su grabadora Sony.

"Hola. Soy Chris. Veo que a ti también te tocó cargar un baúl negro".

"Ajá. Así mismo.

Yune".

"¿Te llamas Yune?"

"Sí. Es Jonás en árabe".

"Pues qué bien. A ver, Sr. Yune. Dúchate y vístete bien. Tenemos que parar en muchas fiestas esta noche. Yo seré tu guía especial. A propósito, espero que te guste la música de Elvis Costello".

"Me encanta". Pero Yune nunca había oído a Elvis Costello.

"Me alegro, porque lo escucho todo el tiempo. ¡Todo el tiempo!" Y así, llevado por Chris, Yune paró en innumerables fiestas de los dormitorios. Yune pasó la mayor parte de su tiempo con Chris hasta el comienzo de las clases a mediados de septiembre. A veces incluso durmieron lado a lado en los corredores de los dormitorios de Macalester.

"¡Oye, me has puesto la cabeza en el hombro!"

"Perdona, perdona.

¿En dónde estamos?"

"En algún sitio de Wallace".

"¿Cómo acabamos en Wallace? ¿No estábamos en Bigelow?"

"¿Bigelow? Nunca llegamos a Bigelow".

"Hombre, puede que tú estés en Wallace, pero yo definitivamente estoy en Bigelow".

Una vez, durante una fiesta en Turck Hall, Yune sintió una necesidad urgente de respirar aire fresco y decidió salir unos minutos. Mientras caminaba hacia la puerta principal, alguien dijo su nombre.

"¡Oye, Yune! Soy yo, Walid".

Walid era un estudiante kuwaití que Yune había conocido en una fiesta en el Centro Internacional. Aunque no se conocieran en Kuwait, Walid estaba feliz con la idea de conocer a alguien en St. Paul que hubiera vivido en su país.

"Ven. Este es mi dormitorio. Siéntate. ¿Quieres algo de beber?"

"No, gracias, sólo quiero aire fresco. ¿Puedes abrir la ventana?"

En ese momento entró una chica de espalda ancha y poco más de un metro setenta de estatura. Tenía pelo corto, rojizo y rizado. Tenía puesto un pijama de color azul oscuro que contrastaba hermosamente con su pálida piel. Pero lo más impactante de todo es que estaba descalza. Yune se quedó mudo, incluso cuando Walid se la presentó. Yune estaba hechizado con la energía que llevó la chica a la habitación y ni siquiera había oído a Walid hablar.

"No siempre es así de maleducado, Amanda. A veces incluso habla. Oye, mírame. Te presento a Amanda. Su dormitorio queda frente al mío".

"Perdón. Todavía estoy aturdido por la fiesta donde estaba. Mucho gusto. Soy Yune".

"¿Yune? ¿Eres suizo?"

"No. Seguramente te suena como Carl Jung, ¿no?"

"Sí".

"Yo me llamo Yune con Y griega y con e al final. Es Jonás en árabe".

"Qué interesante. Me gustaría saber más. ¿De dónde eres?"

"De hecho esa parte es complicada. Digamos que de Damasco".

"¿Damasco? No tienes pinta de ser de Damasco".

"Por eso es complicado".

"Me encanta lo complicado. ¿Qué te parece si caminamos y me lo cuentas?".

"De acuerdo. Vamos".

Y así se fue a dar un paseo con Amanda en sus pijamas azules y los pies descalzos. Bajaron por Grand Avenue hasta la tienda de RC Dick y se devolvieron. Hablaron y hablaron, como nunca antes Yune había hablado con alguien. Ninguna de las personas que había conocido hasta entonces se había interesado en sus perspectivas sobre religión, política y la vida en general. No había tema que Amanda no disfrutara con una combinación asombrosa de tolerancia y pasión. Cuando finalmente la acompañó al dormitorio, no había ninguna sensación rara en el aire, ni la pregunta silenciosa de quién iba a besar a quién primero ni si él o ella debía invitar al otro a entrar... Todo lo que se escuchó fue "Que conversación más interesante. Tenemos que continuarla mañana". Yune miró hacia el suelo, luego le miró los pies una vez más y regresó a Dupre.

De vuelta en su dormitorio encontró a Chris acariciándole el pelo a una bonita trigueña.

"Hola, Yune. ¿Dónde estabas?"

"Salí a dar un paseo".

"Te presento a Anneke, de Holanda".

"Encantado, Anneke. ¿Quieres que vuelva más tarde?

"No, no. Quédate, por favor. Acababa de contarle sobre tu platillo exótico con aceite de oliva".

El "platillo exótico con aceite de oliva" era *za'tar* o sea tomillo y semillas de sésamo, algo igual de popular en Siria que la mantequilla de maní en los Estados Unidos. Yune preparó un poco en un tazón pequeño y se los pasó con una bolsa de galletas de sal. Sentía una paz extraordinaria esta noche. Se acostó en su cama y se durmió rápidamente mientras Chris y Anneke se besaban y Costello cantaba "Man out of Time" (Hombre sin tiempo).

En los días siguientes, Yune y Amanda se reunieron con frecuencia. Yune se enteró de que ella era de St. Paul y que sus padres estaban divorciados. Su madre la crió, pero ella se parecía en cuerpo y alma a su padre. Se describía a sí misma como una demócrata liberal, una cristiana desilusionada y ante todo, una feminista. En su cuarto no se escuchaba a Costello todo el tiempo, sino los álbumes más sofisticados de George Winston al piano.

La relación de Yune y Amanda me consolaba como ninguna otra cosa en la vida de Yune desde Maryam. Lo irónico es que a Risha, que ahora estaba disfrazada como Debra Koch, no le gustaba Amanda para nada. Perdí la cuenta de las veces que trató de interrumpir las conversaciones que los dos jóvenes sostenían en la habitación de Yune. Por eso decidí visitar a Risha a principios de octubre en West Dupre.

"¡Mi querido Raqeem! ¿o debo decir 'Alberto'?".

"Ah, ¿me viste?"

"No eres el único con acceso a pantallas, ¿sabes? Fuiste sincero, pero deberías compadecerte de Beatriz. ¡De verdad la asustaste!"

"Olvídate de Beatriz. ¿Cuál es tu problema con Amanda?"

"Amanda. Amanda no me cae bien. Esa es la verdad".

"¿Por qué?"

"Mira, yo sé que mi tiempo con Yune se acerca al final. Y también sé que no tengo nada más que enseñarle. Pero incluso si solamente me queda un día, no permitiré que nadie apague la llama que tanto me ha costado encender. Ni Amanda, ni nadie".

"¿Pero por qué piensas que Amanda haría eso?"

"Pues el hecho mismo de que a ti te consuele es prueba suficiente de que a ella no se le puede confiar mi llama. *¿Capisce*, Alberto?"

"Sí. Entiendo. Pero tengo otra pregunta. ¿Quién es exactamente Debra Koch?"

"Debra es la chica que se supone iba a llegar este otoño para ser la encargada de este piso. Desafortunadamente tuvo problemas para llegar este semestre. Has oído hablar sobre mononucleosis, ¿no? Es algo muy común en el Medio Oeste".

"Qué interesante. ¿Y qué va a pasar cuando se den cuenta de que has usurpado su identidad?"

"Pues pueden venir a buscarme al Monte Hermón..."

Obviamente mi visita había sido un fracaso. Risha de hecho intensificó sus tácticas anti Amanda. Descubrió una versión estadounidense de Maya y se la presentó a Yune. Lily era una hermosa rubia que vivía un piso arriba del de Amanda en Turck. De muchas formas era la antítesis de Amanda. Seguía a Yune por todas partes y no estaba interesada en absoluto en discusiones intelectuales. Se conformaba simplemente con estar cerca de él. A Yune no le incomodaba la atención que le prestaba, especialmente porque Lily nunca lo empujó a la intimidad sexual, aunque sí le tomó la mano y lo besó con frecuencia. Pero al fin y al cabo, para decepción de Risha, el tiempo que Yune pasaba con Amanda dejaba poco o nada para Lily.

Y él solamente pareció vulnerable a los encantos de Lily una vez. Estaba cerca de su cuarto una tarde y decidió pasar a saludarla. Como de costumbre, la puerta no estaba asegurada, y al entrar la encontró parada delante de un espejo, envuelta en una toalla roja y nada más. Acababa de salir de la ducha y tenía el pelo mojado. Se dirigió hacia él y sin decir una palabra apagó las luces. Lo llevó a hacia la cama y le hizo un gesto para que se sentara. Él obedeció. Ella dejó caer la toalla y empezó a vestirse. Se puso un vestido corto de color turquesa sin nada debajo. Luego se puso unas medias de nailon que le llegaban a la mitad del muslo, blancas pero casi transparentes. Se puso un poco de perfume de una botella de CK en el cuello y luego se sentó muy cerca de él. Lo que pasó en los siguientes minutos, o para ser más exactos, la forma en que Yune lo vivió, fue algo que plasmó en un poema:

Los momentos en que te detienes para dibujar un círculo o izar una bandera

la traición de tu diseño seductor.

No tenías la intención de detenerte.

El calor, la humedad y la profundidad eran tu destino.

Incluso el tiempo estaba entretejido en tu complicado plan.

En un minuto alcanzarías su rodilla.

Segundos después cruzarías la línea:

la que separa el nilón de la carne.

La inocencia de lo erótico.

La estratagema de la conquista.

Nada te había preparado para el brusco desplome.

La avalancha de su mano sobre la tuya.

¿Cuánto tiempo puedes pasar en suspenso,

a la vez vedado e invitado?

La reacción de Lily fue tan inesperada que Yune retiró rápidamente su mano y salió de la habitación. Las razones para que Lily decidiera impedir que Yune continuara es algo que sigue siendo un misterio para ambos. Más adelante, ella se iría a dormir imaginando que se había comportado de forma distinta. Pero confieso que fui yo quien hizo que en ese instante Lily colocara su mano firmemente sobre la de Yune. Si no lo hubiera hecho, Yune mismo se habría detenido. A diferencia de Risha, me costaba siempre procesar estos eventos a pesar de mi propia convicción de que nada podía salir mal.

Desde luego mirar a Yune y Amanda visitar museos, beber café turco y comer *baklava* en el restaurante Java del centro de Mineapolis o verlos caminar al atardecer hacia el río Misisipi cerca de St. Thomas era algo completamente diferente. Me encantaba escucharlos explorar sus horizontes intelectuales, pero todo no era conversación. Habían transformado sus convicciones en normas e incluso habían identificado las excepciones de dichas normas. Un día en que estaban comiendo carne y llegaron a la conclusión de que para hacerlo era necesario anular el pensamiento de la forma en que había muerto el animal, decidieron volverse vegetarianos de inmediato. O casi, pues se permitieron comer pescado. Y cuando Amanda le contó la historia de la forma en que su compañera de piso por poco acaba en el hospital a causa de la cantidad de alcohol que había bebido, los dos decidieron dejar de consumir alcohol. O casi, pues harían una excepción para los cócteles. Primero porque eran deliciosos y segundo porque solo los bebían en ocasiones muy especiales.

Cuando se acercaba el final del semestre de otoño, la tía de Yune le pidió que pasara la Navidad con ella en Nuevo Rochelle. Yune le preguntó a Amanda si podía acompañarlo. El plan era viajar antes de Navidad, y Amanda se reuniría con él después de pasar el día de Navidad con su familia. Pero Risha no se dio por vencida. En los pocos días que Yune pasó en Nuevo Rochelle antes de que llegara Amanda y estaba saliendo más que nada con su prima Lisa y las amistades de ella, Risha logró que una de las amigas sintiera una atracción tan intensa hacia Yune, que la llevó directamente a su cama.

"¿Cómo llegaste aquí? ¿Dónde está mi prima? ¿Qué le hiciste a Lisa?"

"¡Nada! Está durmiendo, como todos. Estamos despiertos solamente tú y yo".

"¿Tú y yo?" Yune repitió las palabras de la chica mientras notaba sus shorts de algodón color rosa y una camiseta blanca sin mangas.

"Así es", le respondió mientras lo besaba.

"Hay algo que debo decirte".

"¿Que te gusto tanto como tú a mí?"

"Ah, pues la verdad es que soy *gay*".

Primero se quedó atónita, luego se alejó de él y sin decir una palabra salió de la habitación.

4

Amanda llegó el viernes 28 de diciembre. La química intelectual que existía entre los dos era evidente para todos. No importaba el lugar o quiénes estuvieran cerca, Yune y Amanda conversaban constantemente. Estoy seguro de que Risha se había preguntado a menudo cómo es que nunca parecían quedarse sin temas. Además de su amor por la conversación, Yune y Amanda tenían algo más en común: a ambos les encantaban los lujos, en especial los restaurantes y los hoteles de alta categoría. Por eso planearon pasar la Víspera de Año Nuevo en Nueva York. Reunieron sus ahorros (y Yune tenía más dinero que Amanda) y pagaron $225 por una hermosa habitación en el Waldorf Astoria con vista a Manhattan. Sin embargo, la habitación no estaba relacionada con la intimidad física. Después de mirar la caída de la bola de año nuevo y de haber cenado en un sitio muy elegante, necesitaban un lugar para descansar, un lugar lujoso para dormir, y eso era todo.

Recuerdo esa noche claramente. Amanda llevaba un vestido que su abuela le había regalado. Era de terciopelo rojo, ceñido, con botones del mismo color de arriba a abajo. Aproximadamente una hora después de la medianoche, Amanda y Yune estaban muy agotados y se sentaron en un bar con música en vivo a beber piña colada después de navegar las multitudes eufóricas que atiborraban Time Square. Fue en ese momento que sentí la necesidad de abrir la caja otra vez. Habían pasado 8 años y el segundo pergamino del tercer cilindro estaba listo para ser abierto:

Su viaje a Damasco empezará esta noche, cuando el castillo de hielo se derrita bajo una luz de oriente.

Nur – 2 años.

"Nur, debes viajar a Nueva York".

"¿En la Víspera de Año Nuevo? ¿Tienes idea de cuán oscura y

densa debe estar la atmósfera?"

"Te han convocado, Nur. Mira este pergamino".

"Después de ocho años de Risha ¿debo regresar?"

"Así es".

"Pero ¿qué sentido tiene esto?"

"Pues hay muchos paralelos".

"¿Como cuáles?"

"La última vez que llegaste a su vida, le hiciste algo a Yune a través de Maryam. Esta vez será a través de Amanda".

"¿Amanda es el castillo de hielo?"

"Sí. Hija de Minesota, tierra de castillos de hielo".

"Y ella lo devuelve a Damasco..."

"Sí. pero no se sabe cuándo, así que debemos enfocarnos en esta noche. Ahora mismo están en un bar con música de piano en vivo".

"Vaya manera de avanzar hacia el cambio espiritual".

"Acordamos dejar el sarcasmo, Nur".

"Vale, vale. Saldré en unos minutos".

"¿Qué personaje serás?"

"En un bar con música de piano en vivo la única forma que puedo tomar es la de una camarera. Pero te garantizo que seré muy diferente de la camarera que conoció en Londres".

"No me cabe duda, Nur".

Nur salió de mi cueva y en cuestión de minutos ya estaba caminando en Carmen's Piano Bar con su camisa blanca y su falda negra. En lugar de la bufanda que nunca se quita llevaba un pañuelo de raso blanco.

✣

"¿Desea beber algo más?"

"Sí, seguro. ¿Quizás más piña colada?"

"¿O quizás nuestra especialidad?"

"¿Y qué es?"

"La 'Medialuna árabe'".

"¿Y qué tiene?" Preguntó Amanda bastante intrigada.

"Qué les parece si se los sirvo y ustedes mismos lo descubren".

Quizás haya sido algo que Nur puso en las bebidas, o quizás haya sido su mera presencia, pero el hecho es que poco después de recibir sus bebidas empezaron a hablar de religión. En particular de la religión musulmana.

"¿Cómo es que nunca me hablas de islam? Tú eres musulmán, ¿no?"

"Sí y no".

"A ver, primero el sí".

"De acuerdo, el sí primero, porque islam es algo que inculcó en mí desde muy temprano alguien que ocupa un lugar muy importante en mi corazón".

"¿Quién?"

"Maryam, mi hermana. Tenía una asombrosa fe en Dios".

"Háblame de su Dios".

"Tenía una idea de Dios con la que yo estoy en paz".

"¿De qué se trata?"

"En islam, Dios tiene tres atributos".

"Eso suena bastante académico".

"¡Debe ser efecto de la Medialuna árabe! De todos modos, el primer atributo es la trascendencia. Dios no forma parte del espacio ni del tiempo. A Dios tampoco se lo puede comparar con nada que conozcamos. Por eso es que si uno habla de Dios en términos de 'padre' o 'hijo', o si utiliza términos similares, incluso cuando se usen solamente en metáforas, cae en la trampa de describir a Dios en sus propios términos".

"¿Y qué tiene eso de malo?"

"¿Y qué pasa con una niña de la que ha abusado su padre? ¿Es justo pedirle que relacione a Dios con un padre? Y luego se empieza a describir a Dios como un hombre de aspecto europeo..."

"Ahora estás atacando mi religión".

"Espera, pensé que estabas decepcionada con el cristianismo".

"Sí. Lo estoy. Pero una cosa es que yo lo diga y otra muy diferente que tú critiques la religión con la que me criaron".

"Amanda, no estoy criticando en absoluto el cristianismo. Hay muchas cosas del cristianismo a las que me siento muy conectado. Toda la familia de mi madre, como bien sabes, es cristiana. Simplemente estaba tratando de explicarte el concepto de Dios en islam porque me preguntaste. Mejor cambiemos de tema y hablemos del entusiasmo de la gente cuando empieza un nuevo año".

"No, no. Quiero que continúes con lo que estabas diciendo".

"¿Estás consciente de lo defensiva que te has puesto?"

"Pues sí, pero de todas formas no puedes abandonar el tema ahora".

"Interesante, Amanda. ¿Qué es lo que tiene ese cóctel?"

"¡Nada! La copa está vacía, y de hecho quiero más".

Nur tomó la orden y regresó rápidamente con más copas. Había algo bello en la forma en que Nur trataba al coctelero, a las otras camareras e incluso al gerente del bar. En poquísimas ocasiones he practicado el *ighsha*, que es impedir que las personas cuestionen la presencia de un ángel entre ellos, pero solamente funciona en períodos cortos. Es un acto que requiere energía espiritual intensa y recuerdo haberme sentido agotado después de haberlo hecho.

Cuando Nur puso la segunda copa de Medialuna árabe en la mesa, se acercó a Amanda y le susurró al oído. Amanda sonrió, y por primera vez se ruborizó delante de Yune.

"¿Qué te dijo?"

"Nada que tú debas saber. Mejor continúas tu relato antes de que yo me ponga aún más a la defensiva".

"De acuerdo. Como te decía, ilustrar a Dios como un hombre europeo joven, que es una representación común de Cristo en occidente, es ponerle a Dios una máscara que podría enajenar a millones de personas que quizás simplemente no puedan conectarse con esa imagen, como los africanos y los asiáticos. ¿Se supone que deben creer que de alguna manera Dios escogió a un hijo de raza europea por encima de otras razas?"

"Entonces, ¿qué 'máscara' propone islam?"

"Pero justamente eso es lo que estoy tratando de explicar, Amanda. Ninguna máscara vale".

"¿Ninguna máscara?"

"No. Si le pones una máscara, infringes la trascendencia de Dios".

"Bueno, continúa".

"¿Dónde crees que estás? ¿En un McDonald's pidiendo comida?"

"Oye, no creo que le debas hablar de esa forma a una mujer que va por su segunda copa de Medialuna árabe".

"No creo que te haya visto actuar así antes".

"Pues si quieres que pare, continúa".

"Vale. El segundo atributo es la unidad. Creo que tenía que haber empezado por ahí.

La palabra en árabe es *tawhid*. Es incluso más fuerte que el sentido de unidad. La palabra 'unitario' funciona mejor. Se rechaza toda idea de que haya algo divino o siquiera semejante al único Dios, o de que esta unidad pueda dividirse o distribuirse de alguna manera. Básicamente se trata de una versión definitiva del monoteísmo".

"Otra vez te pones en tono académico".

"Me pones problemas para hablar y de todas formas no quieres que deje de hacerlo".

"Sí, exactamente. Lo que quiero es fastidiarte".

"¿Por qué quieres fastidiar a un tipo tan simpático como yo?"

"¿Quieres que te diga la verdad?"

"¡Desde luego quiero la verdad!"

"Pues porque me has desafiado por primera vez desde que empezaron nuestras conversaciones y no sé cómo responderte. No quiero tener que defender la idea de Dios con la que crecí porque como feminista siempre he tenido problemas con sus capas masculinas. En lo poco que has compartido conmigo has llegado a la esencia misma de la forma en que he visto a Dios hasta ahora. Entonces, si de veras eres listo, vas a hacer de cuenta que ni siquiera acabo de decir esto y seguirás hablando".

"Bueno... Entonces, el tercer atributo es la cercanía o la inmanencia. Es mi favorito".

"¿Quién te enseño a hablar así?"

"Soy un lector incansable, Amanda. Durante mucho tiempo viví prácticamente en la biblioteca de mi colegio de secundaria".

"Se nota. Continúa".

"La inmanencia significa que Dios está muy cerca, más cerca de nosotros que nuestros propios corazones. En este punto coinciden islam y el cristianismo. Y eso es todo. Hablemos de otra cosa".

"Ya. Espero que esto no haya sido demasiado difícil para ti. Debo admitir que eres muy atractivo cuando te expresas como un profesor universitario. ¿Puedo hacerte una última pregunta?"

"Una más y ya".

"¿Por qué prácticamente vivías en la biblioteca?"

"Porque estaba enamorado de los pies de mi bibliotecaria".

"¡Ja! Esa sí que es una historia que me encantaría oír".

"Bueno. Pero vámonos de aquí. Ya me cansé de este lugar".

❖

"Nur, ¿qué le susurraste al oído?"

"¿Tienes que saberlo?"

"Soy así de curioso".

"Le dije que él parecía ser una muy buena conquista y que si yo estuviera en su lugar no discutiría demasiado con él".

"¿Qué te llevó a decirle eso?"

"Raqeem, ¿no notaste que ella se había puesto a la defensiva? Lo que quería era distraerla de la tensión que crecía dentro de ella misma".

"Y de hecho se ruborizó".

"Eso es porque toqué algo en ella que de verdad siente atracción hacia Yune, y no me refiero a la parte intelectual".

❖

Pasaron el resto de la noche y casi toda la mañana siguiente dormidos en el Astoria. Durmieron en camas separadas y tuvieron sueños muy diferentes. Yune soñó que Maryam tomaba a Amanda de la mano y se la llevaba. Amanda soñó que postraba la cabeza de la forma que alguna vez había visto hacer a los musulmanes en la tele. Y que cuando su cabeza tocó el suelo, cubrió su ser una hermosa sensación. Sintió como el acto mismo de postrar la cabeza en el suelo de algún modo levantaba su cuerpo entero. Cuando despertó le contó el sueño a Yune e inmediatamente después le anunció su sorprendente decisión.

"Quiero convertirme en musulmana".

"Amanda, por favor, no digas eso. La conversación de anoche es una de tantas que hemos tenido y tendremos más adelante. Yo ni siquiera practico la religión musulmana. Realmente nunca he sido un musulmán".

"¿Y quién está hablando de ti? No me entiendes. No alcanzo a describirte lo que siento y que sencillamente no puedo ignorar".

"Pero fue tan solo un sueño".

"No, no fue solo un sueño. Fue más de lo que he vivido estando despierta".

"Ya. Qué te parece si salimos del hotel, vamos a desayunar y luego podríamos buscar una librería que tenga una traducción al inglés del Corán... Creo que debes tomar las cosas con calma y ver qué sientes dentro de una semana".

"Está bien. Vamos a desayunar. Pero que sepas, Yune, que cuando hablo con certeza sencillamente no cambio de opinión".

Yune y Amanda regresaron a Nuevo Rochelle con una traducción al inglés del Corán por Arberry. Se supone que iban a permanecer una noche más en Nuevo Rochelle y que al día siguiente volarían a St. Paul desde el aeropuerto La Guardia. Esa noche, cuando Amanda estaba arriba sentada en su cuarto, leyendo su nuevo libro, Yune hizo algo que no había hecho en muchísimo tiempo. Llamó a Maryam.

"Hola, Maryam".

"¿Yune? ¿Estás bien? ¿En dónde estás?"

"Todo está bien. Lamento llamar tan tarde".

"No pasa nada. ¿Qué te ha tenido tan ocupado?"

"Pues, Amanda".

"¿Quién es Amanda?"

"Amanda es la chica de arriba que ha decidido convertirse en musulmana".

"¿Qué?"

Yune le contó toda la historia de Amanda tal como la había observado. Cuando terminó no había más que silencio. Finalmente, Maryam habló:

"Puede que sea algo pasajero, pero si es sincera, ella se convertirá en algo muy difícil de manejar".

"¿Qué quieres decir?"

"Es que he conocido a muchos conversos aquí en Los Ángeles, Yune. Son tan serios que a la mayoría de las personas les resulta muy difícil tratarlos, especialmente a gente tan sensible como tú".

"¿Puedo darle tu número?"

"Por supuesto, dáselo".

Cuando se sentaron en el avión de regreso a St. Paul, Amanda compartió algunos versos del Corán que la impresionaron. Le fascinaba la historia de Adán y Eva que, a diferencia de la versión bíblica, hablaba de su arrepentimiento y por lo tanto no promovía el concepto de un pecado original. A Yune le gustaba este tema, pero cuando ella empezó a preguntarle qué era exactamente lo que uno tenía que hacer para convertirse en musulmán, él la miró directamente a los ojos y le dijo:

"Amanda, no practico la religión musulmana. Aunque es verdad que tengo fe, y que acepto la forma en que Dios es visto en islam, eso es todo. No puedo ayudarte. De hecho, yo pienso que alguien puede ser cristiano y musulmán al mismo tiempo. Y yo soy algo así".

"Bueno, pues yo no. ¿Por qué no puedes simplemente responder mi pregunta?"

Yune sacudió la cabeza, se llevó la mano al bolsillo y sacó un papel arrugado con el número de teléfono de Maryam garabateado. "Pregúntale e ella", le dijo y giró la cabeza hacia la ventana.

Omar Imady

5

El 7 de enero de 1985 un Yune reacio y una Amanda convencida se subieron al auto de un amigo y condujeron de Grand Avenue a Columbia Heights. Después de conducir una hora por una tormenta de nieve y de parar en muchas tiendas para verificar la dirección, llegaron a una casa que había sido convertida en una pequeña mezquita con una cafetería en el sótano. Cuando entraron, Amanda preguntó dónde podía recitar su *shahada*, el testimonio de fe. Un hombre de mediana edad y rostro apacible los dirigió al vestíbulo de oración. Amanda tenía la cabeza cubierta con la capucha de la chaqueta, así que no le pidieron que se cubriera el pelo. Se sentaron en la alfombra y mientras Yune miraba la tormenta de nieve por la ventana cerca del techo, Amanda repetía lo que el hombre decía:

"Doy fe de que hay sólo un Dios, y doy fe de que Mohamed es su sirviente y su mensajero".

Una lágrima se desprendió de un ojo de Amanda. Yune siguió mirando fijamente por la ventana.

Después de ese acontecimiento, Yune se alejó de Amanda. Estaba demasiado abrumado con la idea de su conversión. Amanda no lo siguió. Muchas cosas estaban pasando en su propio mundo. A principios del semestre de primavera, ella se había mudado de su dormitorio universitario a un apartamento con unas chicas malayas que con gusto la habían "adoptado". Dejó de beber alcohol por completo, y el cerdo no fue un problema porque ya era vegetariana. También comenzó a orar cinco veces al día con regularidad. El cambio más notorio, sin embargo, es que ahora llevaba un manto en la cabeza y se vestía modestamente.

A principios de febrero Yune vio a Amanda por primera vez con su nueva forma de vestir. Estaba hablando con unos amigos cuando vio de repente a las tres chicas malayas que generalmente andaban juntas, con sus mantos de colores, pero en lugar de tres ahora había cuatro. Pero no. La cuarta chica no era malaya. ¡Era Amanda! Ver a Amanda con un manto hizo que Yune perdiera el equilibrio y trajo a su mente muchos recuerdos de Maryam y su revolución espiritual diez años antes. Es esa conexión, que yo traté de comunicar una vez a Nur, la que tuvo el efecto más grande en Yune. En cierto sentido, lo que Maryam le había dado a conocer ahora Amanda compartía una vez más con él. No había podido acoger el legado de Maryam, pero ahora le estaban dando otra oportunidad. Es casi como si el barco en el que alguna vez no había zarpado se acercara de nuevo a su costa para ver si en esta ocasión sí estaba listo para abordar. Había mucho en juego; tanto que ni una canción de Elvis Costello ni un fin de semana de fiesta con Chris eran suficiente distracción.

Llegado junio, Yune sintió que le habían robado su mundo, o su capacidad de disfrutarlo. Todo lo que había, toda esa belleza que podía experimentarse en una universidad de humanidades como Macalester parecía de repente estropeada. Amanda acaparaba sus ojos, su forma de percibir las cosas. ¿Cuánto tiempo puede el corazón mantener una postura contraria a su propia percepción?

Yune respondió esa pregunta en julio al levantarse de la cama un domingo ya en la tarde. Salió de su habitación y se dirigió al baño. Por primera vez en años, Yune hizo el *wudu*, el ritual de lavarse antes de orar. El agua estaba fría y Yune se sintió fresco. De pie en su habitación trató de determinar en qué dirección estaba La Meca. Había oído decir que era hacia el noreste. En pocos segundos decidió que debía ponerse delante de la ventana. Cerró la puerta en caso de que Chris apareciera de repente. La idea de orar con la música de Costello de fondo era más de lo que podía soportar. Cuando su cabeza tocó el suelo de madera, oró en silencio:

"Dios, estoy tan cansado. Sé que no he estado tan cerca de ti como debería, pero tú sabes que mi corazón nunca te ha traicionado. No estoy seguro de que realmente pueda cambiar. Ayúdame".

La "oración especial" de Yune, como le llamaría más adelante, no solo hizo que quisiera cambiar de la manera que Amanda había cambiado, sino también acercarse a ella de nuevo. Sin embargo, en las visitas que Yune hizo con alegría posteriormente a Amanda se encontró con una reacción formal para la que no estaba preparado. Esperaba que Amanda lo abrazara después de escuchar su experiencia espiritual, pero lo que ocurrió en el umbral de la puerta de su apartamento es que ella le sonrió y le dijo que se alegraba por él. Yune inicialmente pensó su distanciamiento se debía a la presencia de las chicas malayas, pero luego se dio cuenta de que Amanda verdaderamente se había vuelto mucho más formal al tratar con hombres, como él. Aun así, en lugar de abandonar su propia revolución espiritual, Yune continuó solo.

Les preguntó a algunos de sus amigos malayos que habían alquilado una casa cerca del campus si podía quedarse unos días con ellos. Y en septiembre de 1985 se despidió de Chris y de 201 West Dupre. Yune también comenzó a orar cinco veces al día con regularidad, aunque muy pocas veces conseguía levantarse al amanecer para la oración de la mañana. El mes de Ramadán empezó a finales de mayo siguiente, y en contra de sus propias expectativas pudo ayunar el mes entero. A veces se encontraba con Amanda durante las *iftar*, que es el nombre de las cenas especiales celebradas en Ramadán en el sótano de la mezquita. Se sonreían el uno al otro, pero acercarse a Amanda mientras estaba rodeada por las chicas malayas era imposible.

En la primavera de 1986 Yune ya había superado todas las pruebas de sinceridad que había enfrentado. Y fueron muchas, y las más difíciles involucraban a mujeres. Como la chica mexicana que conoció cuando ella andaba descalza por el césped de Macalester, y lo llamó por su nombre y le pidió que la acompañara mientras Prince cantaba "Purple Rain" (Lluvia púrpura) en la radio a todo volumen. O como otra chica en la librería Hungry Mind, que le preguntó si alguna vez le había hecho el amor a una mujer que recitaba poesía durante el acto. Y la otra chica que lo pellizcó en el comedor estudiantil Kagin mientras hacían cola para recibir comida. Aparte tenía innumerables sueños con mujeres conocidas y desconocidas.

A fines de septiembre de 1986 Zahriman, uno de los estudiantes malayos con quienes compartía la casa, le entregó un sobre. "Yune, la hermana musulmana estadounidense pasó por aquí y te dejó este sobre". Esperó hasta estar solo en la habitación para abrirlo. Era una carta de Amanda. La leyó atentamente y al terminar se puso las manos en la cabeza. Amanda le había hecho una propuesta de matrimonio. Quería casarse con él y tener una "familia musulmana".

Hay veces en la vida en que las personas necesitan tan solo segundos para tomar las decisiones más importantes, y esta era una de esas veces. Yune tomó el teléfono y marcó el número de Amanda.

"¿Leíste la carta?"

"Sí".

"¿Y cuál es tu respuesta?"

"Sí. Mi respuesta es sí".

❖

Planearon la boda para diciembre ese mismo año. De hecho, celebrarían dos eventos, una recepción en el sótano de la mezquita y la ceremonia de la boda en el apartamento de Amanda. Yune logró convencer a sus padres, más fácil a Jane que a Jawdat, de que su boda realmente lo motivaría para estudiar mucho más. Los padres de Amanda todavía estaban recuperándose del drástico cambio en la apariencia de su hija cuando les dio la noticia. Lo que les preocupaba no era tanto su conversión a la religión musulmana. Al igual que la familia de Maryam antes que ellos, los padres de Amanda no aceptaban el manto que le cubría la cabeza. Y ahora la idea de casarse antes de graduarse de la universidad aumentaba más sus sospechas de que su hija, tan lista y especial, estaba metida en algo raro, quizás algún culto. Lo único que les daba consuelo dentro de todo lo que estaba ocurriendo es que se trataba de Yune. La madre de Amanda había conocido a Yune antes de la conversión de esta, y después de someterlo al ritual del medio oeste estadounidense de un juego de *Trivial Pursuit* había llegado a la conclusión de que Yune no era el típico hombre árabe.

Maryam y Sarmad vinieron desde Los Ángeles. ¿Era pura coincidencia que la boda de Amanda y Yune estaba planeada para la misma fecha de su décimo aniversario? Yune le pidió a Sarmad que realizara la ceremonia religiosa, que en islam no requiere de un clérigo, y el matrimonio se legalizaría más adelante. Diez años antes Yune había llorado al ver cómo su primer amor se entregaba a otro hombre. Pero esta noche Sarmad dedicaba a Yune a Amanda y a Amanda a Yune. Y nadie lloraba. Pero ¿en qué estaba pensando verdaderamente Yune esa fría noche invernal?

Los ángeles no tenemos el don de leer las mentes de las personas. Es algo cierto, pero que requiere explicaciones. La verdad es que nosotros no podemos oír lo que se dicen a sí mismas, pero sí tenemos una intuición intensa, muchísimo más fuerte que el nivel más alto posible de intuición humana, y pocas veces nos equivocamos cuando la usamos para determinar qué está pasando en los rincones más profundos de la mente humana.

Las bodas pueden vivirse como acontecimientos de espera ansiosa, de aspiraciones, de alegría y de pasión. También he visto bodas convertidas en eventos de temor, duda e incluso tristeza. Pero Yune no encajaba en ninguna de esas categorías, ni siquiera en algún tipo de combinación extraña de estas. Yune vivía su boda como si el evento tuviera el fin de salvarlo. ¿De qué quería que lo salvaran? Del regreso repentino de un Yune en quien finalmente germinaría la semilla que Maryam había plantado.

El sentido de estética de Yune era tan fuerte, que se ponía de mal humor durante horas tras ver objetos desordenados, o feos, o las dos cosas. Así y todo, no le ofendía la horrible cortina que separaba a los hombres de las mujeres en nombre de la modestia, algo que él realmente nunca aceptó del todo. Tampoco le perturbaba que hubiera zapatos regados cerca de la puerta porque los musulmanes devotos, en particular los malayos, no permiten que se lleven zapatos dentro de la casa. Lo más extraño de todo era ver a la mujer musulmana estadounidense casada con un saudita, que aparte parecía ser el fotógrafo del evento. La mujer llevaba puesto un velo sobre el rostro que revelaba solo sus ojos y le pidió a Yune y a Amanda que posaran para una sesión fotográfica en la cocina.

Cualquier otra noche, la más mínima indicación de que los asistentes estuvieran incómodos habría impulsado a Yune a apresurarse a hacer todo lo posible por aliviar su incomodidad. Pero esta noche muchas personas expresaron su incomodidad abiertamente, incluso la abuela de Amanda que se quejó de tener que sentarse en la alfombra. El padre de Amanda, aunque con un poco más de diplomacia, enfatizó el hecho de que Sarmad no estaba autorizado legalmente para celebrar una boda. Y desde luego la madre de Amanda no quedó por fuera, pues todo era tan obviamente desconcertante para ella, que decidió quedarse en silencio, pero partir temprano.

Yune observó todo esto, y no sintió ningún impulso para hacer algo al respecto. Si alguien le hubiese pedido tan solo unos meses antes que describiera cómo sería su boda, habría hablado de un jardín japonés con lámparas de roca, estanques de lotos y peces koi, y pequeños puentes de madera. Yune habría descrito un evento en el que los invitados serían tratados como miembros de la realeza y los niños llevarían rosas blancas. En lugar de lo que había imaginado,

Omar Imady

Yune terminó casándose en un sótano con niños peleando con otros niños o pidiendo a sus madres que los acompañaran al baño. Lo único con lo que Yune podía identificarse era lo nada tradicional del color rosa del vestido de Amanda, que ella había comprado en una tienda de artículos de segunda mano en Snelling por solo $62 dólares, aunque Yune no conocía ese detalle.

De todas maneras, esta noche nada de eso parecía tener importancia. El caballo de fuego se había embarcado, y nada de lo que sucediera en el barco tenía importancia. Lo que sí le importaba a Yune era el destino al que creía que el barco se dirigía, alejándose de una vida que no valoraba a Dios.

Omar Imady

IV. Una caja para cada impulso

Omar Imady

1

Muchos son los senderos que va a recorrer.

Pero todos estarán bloqueados por una puerta cerrada.

Sur, 10 años

Risha estaba en mi cueva cuando rompí el cuarto cilindro. Nunca la había visto tan triste.

"¿Sur? Ha llegado el día en que realmente preferiría que fuera Nur quien cuidara de mi niño".

"¿Todavía piensas en él como si fuera un niño?"

"En muchos sentidos, sí. Pero ahora voy a empezar a pensar en él como un prisionero. Un prisionero del rey Sur".

"No seas tan dura con Sur".

"No se trata de ser dura. Lo que pasa es que es difícil visualizar un caballo de fuego que se topa con una cerca en el momento preciso en que está convencido de estar a punto de experimentar la libertad".

Sur llevaba anteojos de plata con bordes negros alrededor de las lentes, lo que causaba el efecto de dobles cejas. Su cabeza era pequeña y estaba cubierta de canoso pelo corto. Estaba mirando algo a través de un microscopio cuando entré en su cueva.

"Veo que te interesan las bacterias".

"¿Qué te hace pensar que son bacterias? ¿Por qué no podrían ser cloroplastos verdes dentro de células vegetales, por ejemplo? ¿Puedes adivinar qué forma tienen?"

"Ni idea".

"Piensa en una forma que me encanta".

"No sabía que tenías una forma predilecta".

"Son redondos".

"Ah, ¿sí?"

"Sí. Ya deberías saber que me encanta dibujar círculos alrededor de las cosas. Es mi trabajo".

"Pues parece que se necesitan tus talentos".

Quizás fueron las palabras de Risha o mis propios sentimientos, pero me costó bastante proporcionar a Sur la información que necesitaba para apoderarse de la vida de Yune. Y yo sabía exactamente por dónde iba a comenzar. Casi que podía ver los ojos de Sur esbozando un plan cuando mencioné que Yune acababa de casarse. La primera tarea de Sur consistía en demostrar a Yune que la experiencia del amor entre humanos tenía límites claros. Al cumplir la tarea, y esto es algo que Sur sabía muy bien, Yune llegaría rápidamente a esos límites, trataría de ver qué tanto podría sobrepasarlos y, una vez que llegara a la conclusión de que no era posible, se daría completamente por vencido.

Sur tardó alrededor de una semana en identificar los límites de la relación entre Yune y Amanda. Así es. Una semana. Bastaba con que Sur alterara la percepción. A los ojos de Amanda, la musulmana convertida, Yune tenía que aparecer como si estuviese en contra del compromiso que ella había hecho con su fe. Cuando le pidió que saliera con él para tener una cena romántica, Sur se aseguró de que Amanda se enfocara por completo en el hecho de que el restaurante servía alcohol y, por lo tanto, no era aceptable entrar a ese lugar. Cuando Yune le compró un vestido, Sur se aseguró de que ella se obsesionara con la falta de modestia de este de acuerdo con las normas islámicas. A los ojos de Yune, poeta y creyente en Bisher Descalzo, al expresarse, Amanda tendría que parecer insensible e incluso odiosa, como reacia a tener una relación desinhibida con él.

Era desagradable ver a Yune y a Amanda discutir e hice todo lo posible para evitarlo. Pero mi sentido de responsabilidad hacia el caballo de fuego de los pergaminos me puso una y otra vez delante de mi pantalla. La reacción de Yune al desdén que vivía era buscar refugio en un sofá verde grande donde pasaría la mayor parte de la noche cambiando canales en la tele como si fuera un ejercicio catártico. Qué ironía que yo estuviera pegado a mi pantalla y Yune a la suya. De vez en cuando él tomaba un cuaderno y empezaba a escribir un poema. Empezó muchos, pero terminó pocos:

Ella vino

Con una caja para cada impulso,

Una función para cada deseo,

Un antídoto para cada fantasía

Transformándose en la mente de un poeta.

Hasta las cinco en punto

Estaba buscando un hogar.

Buscaba el hogar en mí.

Ahora finalmente estoy cansado:

Poesía y té.

Corro a mi refugio

Pero no recuerdo quién he sido.

Al suelo cae la perfección,

Una colección de guerras y locuras.

Un sendero que divide un mar cósmico:

Poesía y té.

El nacimiento de la primera hija de Yune, Fátima, distrajo a Yune emocionalmente, pero no cambió nada en la forma en que Amanda trataba a Yune o viceversa. Que Yune se graduara de Macalester y que la familia luego se mudara a Filadelfia tampoco cambió para nada la dinámica básica de la relación. Allí Yune se había inscrito en un programa de doctorado de la Universidad de Pensilvania con concentración en estudios de Asia y Oriente Próximo.

Tras haber impuesto límites impenetrables en la relación de Yune y Amanda, Sur pasó a atacar la nueva experiencia religiosa de Yune. Estaba claro que a Sur le fastidiaba cualquier cosa que pudiera ser mínimamente sagrada para el corazón. ¿Por qué? Porque el estado sagrado está reservado exclusivamente para Dios. Ni siquiera el mismo sendero que lleva a Dios puede tomarse muy en serio. Hacer algo diferente se convierte en una forma sutil de asociar la gloria de Dios con un ídolo, por intangible que sea. Una vez más, Sur supo exactamente cómo llegar a la mente de Yune. Yune tenía tendencias ligeramente obsesivo-compulsivas y por lo tanto era susceptible a lo que quizás podría llamarse manía ritualista.

Antes de realizar sus oraciones diarias, los musulmanes deben hacer el *wudu*, que es el ritual de lavarse para la oración. Se supone que el proceso entero toma alrededor de tres minutos. Pero Sur logró transformar cada *wudu* en un acertijo. Yune se preguntaba constantemente si ya se había lavado los brazos. ¿Y la cara? ¿Y la cabeza? Tal vez no se aseguró de que el agua le cubriera completamente esta o aquella parte del cuerpo, como se debe. Y así volvía y empezaba el proceso entero otra vez. A veces Yune salía del baño después de veinte minutos de pelear con el agua. Todo eso contribuía a que su capacidad para disfrutar de las oraciones se estropeara irremediablemente. En medio de tantas preocupaciones no quedaba lugar para una experiencia espiritual. Cuando Yune finalmente se paraba para orar, tenía la ropa empapada y agotamiento mental y físico.

En el momento preciso en que Yune estaba viviendo su manía ritualista, se reducía cada vez más su tolerancia hacia esa misma conducta en los demás. Testigo de todo esto, yo me preguntaba cómo había logrado Sur reemplazar al Yune que alguna vez había asociado la forma de vestir de los musulmanes a fortaleza y belleza con un Yune que ahora lo veía como una norma, un simple uniforme. Todo lo que Sur tuvo que hacer fue eliminar las asociaciones mentales a la aceptación y al amor incondicionales.

Yune a veces se quedaba observando a Amanda mientras ella se vestía cuidadosamente antes de salir de la casa. Era una escena llena de ironía, de una ironía silenciosa que yo podía percibir fácilmente. Amanda sentía que cada una de las prendas de vestir que llevaba, desde la falda larga plisada y las medias marrones oscuras, hasta el abrigo azul cielo que Maryam le obsequió, servía para revelar su ser verdadero. Por otra parte, para Yune las vestimentas eran para ocultar, no para revelar al ser, y el objetivo final era el de sacrificar su sensibilidad estética en el altar de la modestia de Amanda.

A Amanda también dejaron de interesarle las conversaciones

inquisitivas. Había encontrado lo que quería, y las conversaciones con Yune a menudo parecían juegos de palabras que ella ya no tenía deseos de jugar. Una vez, mientras conducían hacia Nuevo Rochelle para visitar a la abuela, vi a Yune descubrir una vez más cuánta resistencia oponía Amanda a sus pensamientos y sus palabras.

"¿Te das cuenta de que todas estas reglas que sigues son tan solo una corriente en un océano de diferentes perspectivas musulmanas?"

"¿Y ahora de qué reglas estás hablando?"

"De la manera en que te vistes, de lavarse para la oración ..."

"No creo que tu forma de lavarte para la oración es algo de lo que de verdad quieras hablar".

"No es eso lo que importa".

"¿Te has fijado en que soy yo quien está conduciendo?"

"Por ejemplo, ¿por qué llevar solamente un abrigo de color azul? ¿Cómo puede ser ese color más modesto que el verde?"

"¿Podemos dejar de hablar de mi abrigo? ¿Cuándo me oíste decir que es más modesto?"

"Vale. Olvídate del abrigo. ¿Por qué es tan malo tener un pequeño árbol de Navidad en nuestra casa? Ambos crecimos con árboles de Navidad".

"La Navidad se trata de celebrar el nacimiento del Hijo de Dios. ¿Tienes idea de lo incómodo que eso me resulta ahora? ¿Alguna vez te dije que incluso en mi confirmación, en la iglesia luterana a la que iba mi madre, y mucho antes de que supiera lo más mínimo sobre islam, no podía repetir la parte del 'Hijo de Dios'?"

"Sí. Me lo dijiste".

"Entonces, si ya conoces todas mis historias, ¿por qué insistes en retarme?"

"Pero es que no es necesario verlo de esa forma. Yo nunca lo vi de esa forma. ¿Por qué no verlo sencillamente como el nacimiento de Cristo?"

Amanda sacudió la cabeza frustrada con la insistencia de Yune.

¿No crees que disfrutarías de decorar un árbol de Navidad con Fátima?"

Amanda encendió la radio. Hablaba Rush Limbaugh, el presentador de un programa de entrevistas que a ella le encantaba odiar. Yune giró la cabeza hacia el asiento de atrás, donde estaba sentada Fátima. Miró a su hijita de tres años y le susurró, "¿Te gustan los árboles de Navidad, como a tu papá?" Fátima sonrió y asintió con la cabeza.

2

Después de graduarse de Macalester en la primavera de 1988 con un título en ciencias políticas, Yune y su familia se mudaron a Filadelfia. Penn, parte de las universidades de élite y de las más antiguas de Estados Unidos, llevaba consigo la promesa de una experiencia intelectual muy satisfactoria. Yune estaba deseoso de vivir la experiencia, pero a la vez, de una forma no muy consciente, la veía como una manera de compensar por no poder tener con Amanda la relación que verdaderamente quería con ella. Ah, pero todo eso era antes de que le asignaran al Dr. James Staks como consejero académico. Y más adelante como su supervisor de disertación. Yo me pregunté a menudo si Sur había contratado al Dr. Staks. Prácticamente superaba las calificaciones necesarias para lo que Sur intentaba conseguir. El Dr. Staks era un hombre de baja estatura con hombros anchos y cejas gruesas. Sus facciones eran muy similares a las de su madre griega, y también su temperamento. El Dr. Staks tenía fama por sus arrebatos mediterráneos. Yune, por otra parte, era joven y estaba interesado sinceramente en adquirir conocimientos. Nada lo había preparado para la posibilidad de que alguien pudiera perjudicar su experiencia en Penn, y mucho menos un catedrático universitario. En este caso no fue la propensión de Yune a la conducta obsesivo-compulsiva lo que facilitó la trampa. Fue su cortesía árabe que hacía muy difícil decirle que no a la gente que según su educación debía respetar. En la cultura siria los profesores, en especial, requieren muchísimo respeto. Como dice un proverbio árabe: "Para los que me enseñen, así sea una simple letra, seré eternamente su servidor". No estoy seguro de si fue Sur o el Dr. Staks quien notó esta característica en Yune primero. Pero fue esa característica lo que hizo posible todo lo que pasó después.

El Dr. Staks le pidió a Yune que trabajara con su equipo en un proyecto de investigación financiado por el Consejo Europeo sobre relaciones turco-griegas. Yune, que no tenía ningún punto de referencia concreto, rápidamente se convirtió en el encargado de todas las tareas que nadie más quería tocar. Al principio se sintió honrado de que lo hubiera seleccionado, pero cuatro meses después, sentado en la oficina del Dr. Staks escribiendo una página tras otra de un estudio sin sentido, empezó a sentir que estaban aprovechándose de él. La parte mas "divertida" comenzó a mediados de la década de 1990, cuando era hora de determinar el tema de la disertación doctoral de Yune. El Dr. Staks se tardó literalmente seis meses en aprobar tres frases. La declaración del problema, o la problemática, como le gustaba decir al Dr. Staks, fue rechazada una y otra vez, hasta que Yune estaba a punto de darse por vencido. Lo más frustrante de todo fue el hecho de que lo que finalmente aprobó era casi exactamente igual a lo que había propuesto Yune desde el principio.

En medio de las frustraciones emocionales e intelectuales de Yune, en medio de ese desierto que Sur trataba constantemente de agrandar, surgió un pequeño oasis que para sorpresa mía Sur no tocó. Fue durante una de esas cenas de la Asociación de Estudiantes Musulmanes a las que a Amanda le encantaba asistir (y en las que Yune tenía que practicar su versión de auto hipnosis para aguantarlas) que Yune conoció a un hombre joven destinado a ser su amigo hasta el final.

Aunque Yune estaba a varios años de alcanzar una comprensión del islam con la cual estuviera verdaderamente en paz, ahora estaba completamente convencido de que la gran mayoría de los musulmanes que había conocido no coincidían con sus más básicos ideales intelectuales y espirituales. Yune detestaba las cenas de la asociación porque los hombres, separados de las mujeres por una cortina, se reunían en estas ocasiones para atacar verbalmente a otras sectas musulmanas, a otras religiones y lo más importante de todo, a la enorme conspiración de los judíos estadounidenses en su contra. Yune era simplemente incapaz de derivar amor propio adicional ni convicción interna de ese tipo de actividades. Lo que sí le hicieron sentir es que estaba rodeado de hipócritas. Era justamente en Estados Unidos que tenían la libertad de orar en el campus los viernes, de vestirse como querían, de socializar como querían, de perseguir sus metas intelectuales hasta el final, y de tener estas tontas cenas. Algunos de ellos incluso se habían establecido en este país y habían comprado casas en los suburbios. Tenían asados en el patio y coleccionaban cupones. Pero de todos modos sus caras reflejaban alegría cuando había ataques contra Estados Unidos. A Yune no le habría importado, y de hecho habría estado de acuerdo con estos hombres si sus críticas estuviesen dirigidas a la política exterior de Estados Unidos para el Medio Oriente. En el conflicto árabe-israelí se favorecía abrumadoramente a Israel, incluso cuando los valores humanos más básicos estaban en juego. Pero a principios de la década de 1990 Yune prácticamente se ahogaba entre palabras en contra de Estados Unidos y lo que ese país representaba. Quería gritarles "si odian tanto este lugar, ¿por qué decidieron vivir aquí?" Pero Yune, fiel a su propia sensibilidad, se quedaba en silencio y buscaba un rincón tranquilo donde pasar el resto de la noche jugando con la comida en su plato. Durante una de esas noches Yune estaba sentado solo en su rincón cuando un hombre joven se le acercó y se presentó como Tariq.

"Parece que estás tratando de escapar, y no te culpo".

"No entiendo".

"Creo que sí me entiendes. Es obvio que no puedes participar en esas conversaciones. No te preocupes, yo tampoco".

"¿Por qué no?" Le preguntó Yune como si intentara ponerlo a prueba.

Tariq le respondió - "Cuando sí los escucho, sin querer me pongo a contar el número de errores en su lógica. Mis labios comienzan a moverse involuntariamente. Uno; dos; tres. Y después me entra el pánico al preguntarme si saben lo que estoy haciendo".

Yune soltó una carcajada. Nunca antes había reído en una cena de la asociación.

"¿Qué clase de errores?"

"¿Por dónde empezar? Comparan los mejores aspectos de su cultura con los peores aspectos de la cultura estadounidense. Están buscando siempre una conspiración, incluso cuando las pruebas disponibles demuestran que no existe ninguna. Se enorgullecen de basar conclusiones objetivas en suposiciones subjetivas".

"Todo esto me resulta bien conocido. ¿Qué estás estudiando aquí?"

"Estética".

"¿En serio?"

"¿Por qué no? ¿Y tú? ¿Qué estudias?"

"Lo que pasa es que he conocido a muchos musulmanes que estudian medicina, ingeniería y otros campos científicos, pero eres el primero que conozco que estudia estética. Por mi parte, estudio el Medio Oriente".

"Yo estudié arquitectura en MIT primero, pero ahora quiero algo más teórico. Me parece interesante aquello de estudiar el Medio Oriente. ¿Cuál es la concentración de tus estudios?", preguntó Tariq.

"El papel de las instituciones civiles en el Medio Oriente moderno. ¿De dónde eres?"

"Egipto. Pero mis antepasados son caucásicos de la tribu Besleney. He estado en Besleney y es un lugar hermoso. Queda cerca de Elbrus, la montaña más alta de Europa. ¿Has oído hablar de la masacre de los mamelucos?"

"¿Quieres decir la que organizó Mohamed Ali contra los mamelucos cuando los invitó a todos a su ciudadela?"

"Sí. Creo que fue en 1118. Solamente hubo un superviviente, Amyn Bek, que es mi antepasado".

"Me estás tomando el pelo".

"No, es verdad. Incluso existe una historia que explica por qué sobrevivió".

"¿Estaba bien armado?"

"No, y de nada le habría servido. Momentos antes de reunirse con Mohamed Ali, uno de los sirvientes rompió un costoso tazón chino. En lugar de castigarlo, Amyn fue amable con él".

"¿Y por eso lo protegió?"

"Sí. Forzó al caballo a saltar los muros de la ciudadela y sobrevivió".

"Esta conversación me produce una sensación muy surrealista".

"Y a mí, amigo. Mi esposa no me va a creer cuando le diga que tuve una conversación inteligente con alguien esta noche".

Yune sonrió. Nadie lo había llamado "amigo" en mucho tiempo.

Y así nació una amistad. En el sótano de la casa que Yune había alquilado en la Avenida Conshohoken en las cercanías de Filadelfia, Tariq y Yune pasaron horas y horas hablando de temas que abarcaban desde las teorías de Paul Riccour sobre lo absoluto hasta los comentarios de Carl Jung sobre el *Libro de la Cueva* en el Corán.

Sur no habría podido pasar por alto esta relación. Su decisión de ignorarla indudablemente fue algo totalmente calculado. Si tratara de adivinar, diría que Sur estaba intentando proteger a Yune de que perdiera la cabeza por completo. La relación de Yune y Amanda llevaba consigo la promesa de absorción existencial total y, por lo tanto, Sur sentía que tenía que socavarla. Con Tariq, la relación llevaba consigo solamente la posibilidad de comodidad mental. Tariq podía hablar cuando Yune necesitaba que lo distrajeran de su ruido mental, y podía escuchar también cuando Yune necesitaba que lo distrajeran de su corazón, que ansiaba una conexión.

Entre las tantas historias de Yune y Tariq, hay una que de verdad disfruté observar. Es uno de los pocos recuerdos agradables que tengo de esta fase. Era el verano de 1992 y Yune y Tariq estaban en medio de redactar sus disertaciones. Amanda y Fátima estaban en Damasco visitando la familia de Yune, y Raydana, la esposa de Tariq, y el hijo de ambos estaban en Cairo con la familia de ella. Tariq estaba alojado en casa de Yune y el plan era terminar tres capítulos de sus disertaciones antes de que sus familias regresaran. Al menos ese era el plan antes de que Tariq apareciera una tarde con unas diez películas extranjeras.

"No lo vas a creer, Yune. Encontré un sitio en Chestnut Hill llamado TLA que tiene una colección fantástica de películas extranjeras vanguardistas, Fellini, Kurosawa, tienen de todo".

"¿En serio?"

"Muy en serio. Tan en serio que voy a preparar una comida estupenda: sardinas, cebollas, salsa Tabasco y Coca-Cola. Lo único que te toca decidir es qué película vamos a ver primero".

Tariq subió las escaleras a la cocina mientras Yune sacaba los vídeos de la bolsa y los miraba cuidadosamente. En pocos momentos había reducido sus opciones a La Ciudad de las Mujeres y 8½ de Fellini. Optó por La Ciudad de las Mujeres, pero tan pronto insertó la cinta en el VCR, se percató de que lo que Tariq había hecho significaba el principio del fin de todos los planes académicos que había hecho para el verano. Después de estas películas habría más películas, y después de cada película habría una larga discusión filosófica sobre el significado exacto de la película, y antes de que se dieran cuenta, habría terminado el verano y Amanda y Raydana habrían regresado.

Por otra parte, cualquier intento de razonar con Tariq sería inútil. Estaba en modo Fellini, y nadie podría sacarlo de ahí. Yune sabía que tenía que hacer algo. Ya mismo. Cuando oyó que Tariq bajaba las escaleras, tomó las tijeras que estaban sobre la mesa y sin vacilar metió la punta en una de las ranuras de ventilación del VCR. Luego la metió en otra ranura, tratando de causar el mayor daño posible sin que se notara en el exterior del aparato.

"¡El banquete está listo! ¿Escogiste la película?"

"*La Ciudad de las Mujeres*".

"Me gusta, me gusta. ¡Qué empiece la función!"

Yune presionó el botón de reproducción y se sentó en el sofá junto a Tariq. Para su total sorpresa, el aparato funcionó. Casi que podía oír los pensamientos de Yune. "¿Cómo es posible que esté funcionando?" Pero solo alcanzaron a ver unos minutos de la primera escena. Cuando el tren que llevaba a Snaporaz entraba al túnel, el aparato se detuvo. Tariq acababa de morder una dulce cebolla blanca cuando se quedó mirando incrédulo con grandes ojos. Durante la siguiente hora, Tariq hizo todo lo posible por hacer funcionar el VCR, pero nada podía reparar el daño oculto causado por las tijeras de Yune.

❖

3

Yune milagrosamente sobrevivió al Dr. James Staks y recibió su doctorado en diciembre de 1993. Tariq terminó sus estudios aproximadamente un año después. Pero llegado enero de 1994 Yune y su familia ya habían regresado a vivir en Damasco. La decisión la había tomado Amanda años antes, pues quería estar cerca de la orden espiritual Shamsi que Maryam le había descrito con tan bellas palabras. En varias ocasiones les habló a sus amigos de su deseo de criar a su hija alrededor de mujeres como Maryam. Pero fue algo que no compartió intencionalmente con Yune hasta que era evidente que estaba a punto de terminar su disertación. Amanda empezó a presentarle la idea lentamente en ese momento, y la reacción inicial de Yune fue de confusión. No entendía lo fuerte que se había vuelto el vínculo de Amanda con el sendero de Shamsi. Yune estaba también enloquecido con la preocupación sobre el tipo de trabajo que podría conseguir en Damasco. Soñaba con enseñar estudios del Medio Oriente en una universidad de Estados Unidos. Regresar a Damasco significaba abandonar ese sueño. Pero eventualmente, Yune se dio cuenta de que era una batalla perdida. El regreso a Damasco era sencillamente una de esas cosas que Amanda no estaba dispuesta a cambiar.

Cuando Yune se acostumbraba a la idea de regresar a Damasco, tuvo un sueño que nos mostró, a mí y a mis siete compañeros, la primera imagen de la tarea que Yune estaba destinado a cumplir; una imagen que tal vez podría explicar la importancia espiritual de este joven. Yune soñó que era un funcionario importante en Damasco. No estaba seguro del puesto que ocupaba, pero sí de que estaba a cargo de organizar un evento muy importante para Nochebuena en la Gran Mezquita de Damasco. Entre los invitados había embajadores, altos funcionarios, académicos religiosos musulmanes y representantes de cada denominación cristiana en Damasco. Yune corría de un lado a otro, trabajando duro para asegurarse de que todo lo necesario estuviera en orden. La siguiente escena era el evento mismo. Alrededor de un enorme escenario del patio mayor de la Gran Mezquita había niños y niñas vestidos de blanco que llevaban rosas igualmente blancas. Ahora Yune estaba en el escenario, listo para dar un discurso de algún tipo. Pero en el momento en que estaba a punto de empezar a hablar, se despertó. Se sentía muy confundido. Llamó por teléfono a Tariq y le pidió que se reuniera en el sótano con él para hablar de algo muy importante.

"Entonces, ¿cómo se supone que debo interpretar este sueño?"

"A ver, del final al principio. Si se supone que debías saber exactamente de qué se trataba este evento no habrías despertado justo antes de comenzar el discurso".

"¿Qué...?"

"Escúchame. El discurso lo habría revelado. Las primeras palabras que hubieras dicho habrían expuesto de qué se trataba el evento. Pero te despertaste. Y por eso lo que sí está claro es que no se supone que sepas de qué se trataba".

"¿Entonces por qué soñar eso de todas formas?"

"Porque has estado discutiendo con tu esposa durante mucho tiempo sobre el regreso a Damasco y estás convencido de que es solamente un proyecto de Amanda".

"Pero lo es".

"No, no. Escúchame. Creo que lo que el sueño significa es que algo muy importante te espera en Damasco. Que vas a estar a cargo de algo tan importante, que habrá funcionarios y los embajadores e incluso líderes religiosos".

"¿Pero por qué en la Gran Mezquita?"

"Quizás porque la Gran Mezquita es simplemente un símbolo de Damasco. Si alguien quisiera elegir un monumento que representara a Damasco, ¿qué mejor que la Gran Mezquita? Es como la Estatua de la Libertad en Nueva York. Pero lo que importa es que esto ya no es simplemente el proyecto de Amanda. Y eso es lo que necesitas entender".

A partir de ese día Yune, que había dejado de resistirse al plan de

Amanda de regresar a Damasco, también había dejado de odiarla por hacerlo. Así, el proyecto del regreso se convirtió en proyecto familiar. El 19 de diciembre de 1993, cuando Yune y su familia abordaron un avión de Royal Jordanian hacia Damasco con escala en Ammán, Yune se preguntó si de alguna manera encontraría en esa antigua ciudad el sentido para su vida que lo había eludido en Estados Unidos. Pero tan pronto Yune puso los pies en Damasco, Sur comenzó su plan casi frenético para asegurarse de que nada de lo que Yune viviera aquí le aportara ni experiencia ni sentido a su vida.

Primero, Sur se centró en la ciudad misma. A Yune con frecuencia le perturbaban todas las historias que se oían en Filadelfia sobre robo armado de autos y tiroteos relacionados con drogas. En la década de 1990 no eran raras en esa ciudad las noticias de mujeres secuestradas en sus propios autos durante el día. A un estudiante árabe a quien Yune conocía bien y que conducía un taxi por la noche le dispararon en la cabeza, incluso después de haberle entregado a su asaltante el reloj y la billetera. Una estudiante fue violada en su propio apartamento, que quedaba a tan solo una manzana del campus universitario. Todo esto hizo que Yune protegiera excesivamente a Amanda y a Fátima. Se preocupaba todo el tiempo que ellas pasaran afuera, sin importar qué hora era. Una característica muy especial de Damasco que Yune ansiaba vivir era la seguridad. Pero cuando ni siquiera había pasado una semana desde su llegada, Yune escuchó una peculiar historia que se parecía a los horrorosos casos que había oído en Filadelfia. El punto central de la historia era una tienda donde vendían vestidos en el mercado de Qasa, al este de Damasco. Las mujeres que querían probarse vestidos eran llevadas a un cuarto en donde las inyectaban con un sedativo. El blanco de esta acción era solamente mujeres que parecían estar solas. Un cirujano luego les sacaba diversos órganos del cuerpo para transportarlos rápida y secretamente al exterior, y los cadáveres eran desechados más adelante en un depósito de chatarra lejano. La historia era indudablemente pura ficción, pero cuando Yune la oyó, permitió que controlara su mente y que destruyera totalmente la imagen de Damasco como un lugar lo suficientemente seguro para tranquilizar a alguien como él, que se preocupaba demasiado.

Después, Sur volcó su atención en los objetos materiales del nuevo lugar. El padre de Yune había comprado un sitio para la joven familia, un agradable apartamento con vista a un campo verde cerca de un extremo del suburbio de Mazzeh. El apartamento era prácticamente perfecto, a excepción del olor a aguas residuales que repentinamente se esparcía por todos los rincones. Yune se pasaba andando de una habitación a otra intentando identificar la fuente del olor. Estaba casi seguro de que salía de la cocina, pero no había nada allí que pudiera explicar la causa de la fetidez. Usó todos los ambientadores existentes hasta que Amanda y Fátima le pidieron que dejara de usarlos. Dos años más tarde, cuando un fontanero vino a reparar una fuga en la tubería de debajo del fregadero, finalmente se descubrió la fuente del olor. Era un tubo conectado con el tanque principal de aguas residuales del edificio. El tubo tenía un casquillo, pero no estaba apretado del todo y cuando el viento pasaba a través del tanque, el olor se esparcía a todos los tubos interconectados y penetraba el apartamento de Yune.

❖

"¿Cómo pudo Sur hacer algo semejante?"

"No lo viste aflojar el casquillo, ¿verdad, Risha?"

"Pero sabes que fue él, Raqeem. Y no empieces a hablar de su misión. No le encuentro justificación alguna a llenar el hogar de alguien con la fetidez de un desagüe".

El padre de Yune también le regaló un Mercedes 200 color beige. Lo había comprado en 1990 y casi nadie lo había usado desde entonces. Tenía menos de 4000 kilómetros recorridos. A Yune le encantaba el auto y sentía en el olor del cuero de su interior una especie de compensación por la fetidez de su apartamento. Sin embargo, el auto tenía un problema particular, que era que el motor se detenía repentinamente mientras conducía por la carretera. Cuando esto ocurría, Yune trataba de dirigirlo a un lado del camino, a menudo evitando un accidente grave. Tuvo que llevar el auto muchas veces al taller principal autorizado del fabricante en Damasco. Con un deseo ferviente de satisfacer al importante padre de Yune, el jefe del taller se aseguraba de que fueran ingenieros alemanes quienes supervisaran la revisión del auto. Y nunca encontraron algo que pudiera explicar las súbitas fallas mecánicas. El problema fue identificado solamente cuando llevó el auto al taller de un viejo mecánico damasceno. El motor se detenía porque se quedaba repentinamente sin suministro de gasolina debido a un trozo pequeño de óxido que interrumpía el flujo cuando en lugar de flotar se atascaba en la boquilla interna.

"Esto ya es criminal. Si yo estuviera en tu lugar convocaría a Wahi y le informaría sobre todo lo que está ocurriendo".

"¿Convocar? Risha, ya sabes que no 'convoco' a Wahi".

"Pero cuando yo intentaba educar a Yune parecías estar a punto de hacerlo. ¿Te das cuenta de que había podido matarlo?"

"Fue el óxido y no Sur el culpable de que el auto se detuviera repentinamente".

"Sí, una muy inocente partícula de óxido que decidía bloquear el flujo de gasolina exactamente cuando Yune conducía por la carretera. ¿Cómo puedes creer algo así?"

Pero nada de lo que hizo Sur fue más enajenante para Yune que el tipo de trabajo que acabó consiguiendo. Yune quería enseñar. Si no podía encontrar un puesto en la Universidad de Damasco, estaba dispuesto a enseñar en un colegio internacional de secundaria. Pero el padre de Yune, Jawdat, tenía otros planes. Jawdat había regresado a Damasco en 1985 para ocupar de nuevo el cargo de ministro de economía. Le habría encantado quedarse en Kuwait, pero se sintió bendecido porque al volver había podido lograr la liberación de su sobrino, a quien habían encarcelado por formar parte de la fraternidad musulmán. Jawdat supo, a través de un funcionario de la ONU que lo había visitado recientemente en su oficina, que la Organización de las Naciones Unidas para la Educación, la Ciencia y la Cultura (UNESCO) acababa de abrir una oficina subregional en Damasco y estaban buscando a un sirio joven que se hubiera educado en occidente. De hecho, habían anunciado una vacante para un funcionario nacional, el puesto más alto que podía ocupar alguien de la localidad. Jawdat estaba cautivado con la idea de que su hijo trabajara para las Naciones Unidas y presionó con la solicitud del puesto a Yune y a quienquiera que pudiera presionarlo, incluidas Jane, Amanda y Maryam, que todavía estaba en Los Ángeles. Yune decía que a fin de cuentas ese era un trabajo burocrático que requería manejar gente, preocupaciones que a los demás les parecían insignificantes. Y así fue que solicitó el puesto, pensando que los sabios hombres y mujeres de las Naciones Unidas podrían ver fácilmente lo poco calificado que era para el cargo alguien con perfil IISP (introvertido, intuitivo, sensible y perceptivo) en las pruebas de tipos de personalidad de Jung. Pero Yune, con su doctorado de la Universidad de Pensilvania, su inglés perfecto y sus prestigiosas conexiones familiares fue contratado de inmediato y se convirtió en el funcionario nacional de la UNESCO en Damasco. Yune prefería describir su puesto más como el de un secretario, corrector o contador de alcurnia. Concertaba las citas para los consultores que visitaban Damasco, preparaba el presupuesto trimestral para la oficina, y se aseguraba de que todos los informes preparados por los expertos sirios de la UNESCO estuvieran libres de errores gramaticales y ortográficos.

Yune tuvo que experimentar todo esto, pero esta vez no estaba Tariq, ni ningún otro amigo que lo distrajera. Y si Amanda hubiera podido desempeñar algún papel en la protección de su cordura, Sur se aseguró de que las energías de ella estuviesen embocadas a algo más. Yune tenía la esperanza de que una vez que Amanda estuviera en Damasco centraría su atención en él. Su propia mente le decía que tal vez muchas de las inhibiciones emocionales de ella provenían del hecho de que como convertida se sentía amenazada por el entorno anti musulmán de Estados Unidos. Pensaba que quizás una vez en Damasco, una ciudad predominantemente musulmana, ya no sentiría la necesidad de mantener su mecanismo de defensa en tan alto estado de alerta. Quizás se relajaría, y la relación de los dos renacería. Pero al llegar a Damasco, lo que Amanda anhelaba intensamente era crear lazos estrechos con sus mentores y sus hermanas de Shamsi, lo que significaba que ella pasaría la mayor parte del día asistiendo a clases, servicios y diversas celebraciones religiosas. Su título en educación también significaba que constantemente intentaría ayudar en las escuelas infantiles administradas por las hermanas de Shamsi. Nada de esto era intencional para Amanda. No estaba aliada con Sur en una conspiración, por lo menos no conscientemente.

En menos de tres meses tras su llegada a Damasco, Yune finalmente se dio cuenta de lo efímero de toda ilusión que había albergado sobre la vida en Damasco y que se había equivocado por completo sobre la posibilidad, incluso remota, de vivir una experiencia significativa allí. Sur logró transformar un día normal en la nueva vida de Yune en Damasco en algo que comenzaba con despertarse en un apartamento que de repente apestaba a aguas residuales, continuaba con el traslado al trabajo en un auto que tenía fallas mecánicas súbitas e inexplicables, seguido por ocho horas de lidiar con papeles e interactuar con colegas a quienes parecía gustarles lidiar con papeles, y terminaba con conducir de nuevo a un hogar vacío. Sur había arrasado con el corazón de Yune. Pero ¿cuánto tiempo podía Yune aguantar todo esto?

El Evangelio de Damasco

Omar Imady

V. El Evangelio de Damasco

Omar Imady

1

En la Nochebuena de 1996, el quinto cilindro finalmente estaba listo para abrirse. Risha estaba allí, impaciente por ver a su niño liberado de los callejones sin salida de Sur, un sentimiento que confieso haber sentido también.

Enviarán un discípulo a Juan. Y bautizarán al discípulo con palabras. Y el discípulo aprenderá a respirar en los pájaros.

Mizán - 2 años.

"¿Quién es Juan?"

"No sé, Risha. Ahora que lo pienso, uno de los cuarenta se llama Yahya, que es lo mismo que Juan. De hecho, cuando el padre Butrus murió hace unos seis años..."

"Un momento, ¿quién es el padre Butrus?"

"Uno de los cuarenta".

"Ah, sí, por supuesto. Continúa".

"Fue Yahya, Yahya Nouri, quien reemplazó al padre Butrus en el grupo de los cuarenta. Ahora lo recuerdo. Nouri es pariente de Sarmad".

"¿Sarmad, el marido de Maryam?"

"Sí. Yahya Nouri es el tío de Sarmad".

"Esto se pone interesante. Entonces no debería ser difícil presentarle a Yune su propio pariente, el tío de su cuñado".

"Sí, pero el problema es que Sarmad todavía está en Los Ángeles, ¿no?"

"Ni idea. Ve a averiguarlo".

"Vale. Hazme el favor de avisarle a Mizán".

"¿Estás seguro de que no le importará?"

"A Mizán las cosas que le importan son el equilibrio y la sabiduría. Incluso si efectivamente le importara, te saludaría con una sonrisa".

Días después todo se había esclarecido. Yahya Nouri era uno de los maestros de la orden de los Sufi Mevlevi. Es un hombre muy educado, con varios títulos de posgrado en historia y en ley religiosa, pero también es huraño y solamente les enseña a unos cuantos discípulos selectos. Lo que también es interesante es que Sarmad, Maryam y sus hijos se marchan de Los Ángeles permanentemente y regresan a Damasco este jueves que viene. El viernes por la noche, Jawdat hará una fiesta para celebrar su regreso. Han invitado a Yahya Nouri. Y por supuesto a Yune.

"Y ¿cómo te aseguraste de que Jawdat invitara a Nouri?"

"No. Has entendido mal. Resulta que a Nouri siempre lo invitan, lo que quiere decir que Yune tiene que haberlo conocido hace bastante tiempo. Pero Nouri nunca visita a nadie".

"Entonces cómo se sabe que asistirá a este evento?"

"No lo sabemos. Pero presiento que este es el ámbito de Mizán. Hagámosnos a un lado y observemos".

El viernes por la noche se reunieron los hombres en la habitación grande de huéspedes de la casa de Jawdat Bukhari, mientras las mujeres se reunían en el salón, que era menos formal. Asistieron los parientes de Sarmad y los de Jawdat. Yune trataba de mantenerse ocupado sirviendo café y dulces, para poder evitar tener una conversación con cualquiera, pues la conversación inevitablemente incluiría la pregunta "¿cómo va el trabajo?" De repente sonó el timbre. Yune abrió la puerta y por un momento dudó sobre cómo tenía que actuar o lo que debía decir. Delante de él había dos hombres, los dos con aire de realeza y barbas blancas cortas. Uno llevaba un traje negro, y el otro una capa de color azul oscuro y un turbante blanco.

Todos se pusieron de pie cuando Nouri entró en la sala de recibo. Jawdat corrió a saludarlo y lo llevó a la mejor silla de la habitación. Nadie preguntó ni parecía interesarse en la identidad del otro hombre. Quizás todos habían asumido que era el compañero de Yahya. Guardó silencio toda la noche y tenía apariencia de escolta. Nouri habló muy poco durante el evento, pero cuando se iba vi que se acercó a Yune y le estrechó la mano.

"Yunus, ven a visitarme. Mañana por la noche es un buen momento. Sarmad te dirá cómo llegar a mi casa. ¿Vendrás?"

"Sí, sí", contestó un Yune casi hipnotizado.

Más tarde le pregunté a Mizán cómo había hecho para convencer a Nouri de que viniera a casa de los Bukhari y en qué capacidad lo había acompañado.

"Le dije quién soy".

"¿Cómo así que le dijiste quién eres?"

"Pues eso mismo. Quién soy. Lo visité y en el momento en que me senté con él, me dijo que yo era un ángel".

"¿Él te lo dijo?"

"Me descubrió en un instante".

"¿Y qué le respondiste?"

"Me percaté de que este es un hombre de Dios con una intuición espiritual muy fuerte y que no sería prudente tratar de disfrazar la verdad. Entonces le dije que en efecto soy un ángel y que me habían enviado a pedirle que aceptara esta invitación para que le presentaran a un joven llamado Yune".

"¿Le dijiste todo eso?"

"Sí. Incluso le dije que le habían confiado la educación de Yune por un período de dos años".

"No estoy muy seguro de cómo reaccionar ante esto. Y si alguien más hubiese hecho esto, estaría muy preocupado, pero no podría acusarte de no ser sabio".

"Tienes razón. *Eso* no sería sabio".

Sonreí y regresé a mi cueva, donde Risha me esperaba.

"Te ves contento".

"Lo estoy".

"Pero estás muy..."

"Exhausto. En lo único en que puedo pensar es en lo que Yahya Nouri va a decirle a Yune".

"Deja de preocuparte", me dijo mientras me hacía un gesto para que me sentara a su lado. Por primera vez puso mi cabeza en su regazo y acarició suavemente mi pelo.

"Deja de preocuparte. Todo será hermoso. Lo prometo".

Eran las seis de la tarde cuando Yune golpeó en la puerta de la casa de Yahya Nouri. Nouri estaba casado, pero no tenía ni hijos ni sirvientes. Su esposa abrió la puerta. Ella llevaba ropa blanca para hacer oración y tenía la voz muy fuerte. Se refirió a su marido como "El Maestro".

"El Maestro estará con usted en un minuto", le dijo mientras se dirigía con Yune a la sala de recibo, que me hacía acordar de mi salón de lectura favorita en Seattle. Aunque era aproximadamente cien veces más pequeño, tenía dos arcos hermosos, y la pared que daba hacia el sur y separaba a la habitación del balcón estaba totalmente construida de madera damascena tallada y cristales de colores.

Yune se sentó en un sofá y se quedó mirando fijamente el suelo, como si estuviera preguntándose por qué lo había invitado y por qué él había aceptado la invitación con tanto entusiasmo.

"Porque se supone que vas a aprender a girar", exclamó Nouri al entrar en la habitación.

"¿A girar?"

"Sí. Vamos a ver si tu corazón puede bailar".

Nouri se quitó la capa negra, debajo de la cual llevaba un hermoso y vaporoso traje blanco. Con el pie izquierdo haciendo las veces de columna para equilibrar su peso, empezó a mover el pie derecho lentamente en círculos. Levantó los brazos e inclinó la cabeza a la derecha. Nouri estaba realizando una versión lenta de la danza que la orden de Mevlevi había hecho famosa. "No vaciles", dijo Nouri. Y Yune no vaciló. Se levantó, miró fijamente los movimientos de Nouri durante algunos segundos como si intentara comprender los pasos esenciales, y luego empezó a girar, teniendo cuidado de no invadir el espacio de Nouri. Haces de luz de diversos colores descendían sobre las dos figuras en movimiento, y por primera vez en muchos años sentí que Yune sonreía en su interior.

Las lecciones, diciembre de 1996 a diciembre de 1998

Cuando visitó a Nouri por primera vez, Yune no recibió ninguna instrucción religiosa, como había anticipado y temido a la vez. Sin embargo, en su segunda visita llevó un nuevo cuaderno. Era grande y verde, y se parecía a los cuadernos que Maryam le había dado cuando era niño. Esperaba de verdad que Nouri le hablara de su viaje espiritual, y así fue. Sus palabras destaparon totalmente los muchos complejos que Yune tenía respecto a su religión. Y fue así que la experiencia de oración de Yune, incluida la limpieza ritual que la precedía, pasó del reino de lo obsesivo y compulsivo al reino de la calma mística. Lo que le fastidiaba del ritualismo legal fue reemplazado por un intento de experimentar su sutil lógica y su simbolismo. Era el efecto de la magia de las palabras de Nouri. Tenían como objetivo profundizar la experiencia individual de la fe, y lo lograban incluso cuando el escucha era judío, cristiano, budista o hindú, como Yune lo descubriría más adelante.

Todo lo que Nouri quería transmitir llegaba en forma de prosa poética rica en metáforas. Yune y yo a menudo quedábamos a la vez embelesados y con la duda de si habíamos entendido completamente todas sus implicaciones. Al regresar a casa Yune volvería a escribir sus notas, esta vez de una manera más organizada, con frecuencia estableciendo conexiones que no vinieron a su mente mientras escuchaba a Nouri. Lo que Yune produjo durante este proceso acabó siendo un fascinante manifiesto espiritual, breve y sucinto y aun así con drásticas implicaciones. Incluso le puso un título, como si supiera que estaba destinado a ser publicado. Yune tuvo mucho cuidado de no incluir nada que él pensaba que Nouri no aprobaría. Y sin que Yune lo supiera, llegaría un momento en que muchos de los conocidos de Nouri negarían enfáticamente que Nouri hubiera podido estar de acuerdo con semejantes ideas.

2

El Evangelio de Damasco

Un manual de fe para el final de los tiempos

Las palabras de Yahya Nouri

(compiladas por Yunus Bukhari)

Una sensibilidad del corazón monoteísta e inflexible ascenderá en el tercer milenio como el enlace espiritual de la comunidad global de creyentes. Llegará con una invitación para que cada miembro de la raza humana tenga una relación personal directa con el Dios que creó este universo entero de la nada. Es una invitación que no conlleva dejar de lado los descubrimientos de la ciencia o los principios de los derechos humanos universales.

Una relación directa con el creador de los miles de millones de galaxias y todo lo que contienen, desde un copo de nieve a una supernova. ¿Qué es un corazón humano delante de semejante gloria? Y de todas formas le invitan a que tenga una relación directa con Dios que es a la vez totalmente trascendente y abrumadoramente inmanente. ¡Cuán especiales somos para recibir tal invitación!

Durante miles de años la gran mayoría de los seres humanos no podía tener una relación con Dios excepto por medio de esculturas, imágenes e incluso de personas, aquellas que son rectas y las demás. Más adelante se valieron de mitología helénica para ayudar a negociar la idea del monoteísmo puro. Pero esta invitación implica que nada de esto es necesario, especialmente en este momento. Implica que nuestros corazones, por insignificantes que sean, están equipados con la capacidad de experimentar la majestad de Dios: "Los cielos y los planetas no pudieron aceptar mi majestad, pero el corazón de mi creyente sirviente tuvo éxito donde los demás fracasaron".

❖

Y ahora escapa de todo lo falso y corre hacia Dios
(Corán 51:50)

Hace unos 1418 años, nuestro profeta y sus compañeros emprendieron un éxodo o *hijrah*. Abandonaron sus hogares en La Meca y se dirigieron a Medina. El viaje espiritual de Abrahán comenzó con un éxodo. Moisés y los hijos de Israel también emprendieron un éxodo. Fue en Egipto donde se plantaron las semillas de su fe. La Tierra Prometida es donde germinó el árbol. A veces un éxodo implica cruzar una distancia física, pero lo que siempre implica es cruzar una distancia espiritual.

Entonces, hazte esta pregunta: ¿en dónde estás en este momento? ¿Ha partido ya tu corazón? ¿O todavía estás en La Meca? ¿Has llegado a Medina? ¿O quizás estás en medio del camino? Para emprender el viaje es necesario tener un manual que guíe al niño en tu interior hacia la salida de los sótanos de su mundo.

Pero primero necesitas saber lo que debes abandonar. En realidad, es algo simple: se trata de toda persona y todo lo material que se niegue a acompañarte. Después debes determinar lo que necesitas llevar. Con el tiempo, los expertos en el éxodo han determinado que es imposible salir sin un compañero que te tome de la mano y un guía para tu corazón. Quizás partas con algunas cosas que muchos llevan consigo, como mapas, una brújula y un reloj, pero que eventualmente descubren que son inútiles, o que son una distracción.

Pero lo más importante de todo es que debes saber por qué has partido. La gente se ve por diversas razones. Algunos parten con la esperanza de obtener más riquezas, poder o posición. Algunos parten para seguir a una mujer hermosa o a un hombre atractivo. Algunos tienen objetivos más sutiles. Quizás se sienten atraídos a la gloriosa imagen de una idea. Quizás quieren que se les considere parte de un proyecto glorioso. O quizás simplemente siguen los pasos de alguien que también quiere recorrer este camino. Todos pueden partir, pero después de viajar un día, un mes, un año e incluso décadas, el objetivo, la intención oculta, se transforma repentinamente en una gran muralla que bloquea su trayecto. ¡Observa lo irónico de todo esto! La única manera de seguir por este camino consiste en deshacerse del objetivo mismo del viaje. Algunos dan vuelta atrás. Algunos pasan lo que les queda de vida tratando de atravesar la muralla. Pero no pueden. La muralla es impenetrable. Puede desaparecer, pero solamente si esa clase de objetivos se dejan de lado. Como puedes ver, en este camino se permite únicamente un tipo de objetivo o de intención, y es el amor. ¿El amor a qué? No importa. El amor verdadero, el amor sincero viene de una misma fuente y va siempre al mismo lugar. Dale amor a lo que quieras, y sé verdaderamente fiel a este amor. Esta experiencia de amor te llevará luego al amor de Dios. Cuanto más fiel seas, más rápido te llevará al único ser digno de un amor tan intenso y tan completo. ¿Has experimentado este tipo de amor?

Antes de que el corazón se enamore, debes tener un corazón. Esto es lo que dice el Corán: "Este es un recordatorio para aquel que tiene un corazón". Todo el mundo nace con el corazón que bombea sangre. Su actividad es constante, involuntaria e imprescindible. El corazón que bombea amor de una manera constante, involuntaria e imprescindible no es algo con lo que se nace; es un regalo que se recibe en condiciones muy específicas.

Recibí mi regalo del corazón cuando tenía unos doce años. Iba de regreso a casa cuando vi que unos muchachos de mi edad estaban molestando a una gatita. Estaban tratando de acorralarla en un rincón. Yo no era el tipo de niño que pudiera asustar a alguien; no tenía ni el cuerpo ni la personalidad para eso. Pero cuando me acerqué a ellos, simplemente grité. Grité hasta que todos salieron corriendo, y todavía me pregunto cómo es que mi voz tuvo semejante efecto en ellos. Luego tenía que ocuparme de la gatita. Mi primer impulso fue llevarla a casa, lejos de los peligros de la calle, pero por otro lado se me ocurrió que estaba demasiado pequeña. Le había oído decir a mi madre una vez que un gatito recién nacido no puede sobrevivir sin su madre. Yo estaba muy confundido. Si la dejaba allí, los muchachos podrían volver y seguir molestándola, y si la llevaba a mi casa, podría morir porque la habría apartado de su madre. Finalmente, decidí quedarme sentado con ella allí y esperar a que su madre apareciera. Esperé cuatro horas, con hambre y cansancio. Cuando estaba a punto de darme por vencido, la gatita salió corriendo hacia otra gata. Era su madre, lo que significaba que mi labor había terminado. En casa, me gritaron y me mandaron a dormir sin cenar por haber desaparecido, pero el sentimiento en mi corazón era tan dulce, que me quedé dormido con una sonrisa.

Varios años después compartí esta historia con mi maestro, y él me dijo que recibir el regalo de un corazón toma alrededor de cuatro horas, las horas que pasas haciendo algo que ofrece atención y compasión, y que no tiene ningún sentido para los demás, o incluso para ti mismo.

❖

Y recuerda el nombre de tu Señor y dedícate a Él por completo.

(Corán 73:8)

Cuando se recibe el regalo del corazón, es necesario aprender a respirar, pues quien no lo hace se sofocará en la oscuridad de su propia negligencia. Esto es lo que dice el Corán: "No son los ojos que se eneguecen; son los corazones..." El *zikr*, que es la meditación espiritual cuyo objetivo es la comunión directa con Dios, le enseñará a tu corazón a respirar.

¿Recuerdas cómo se eligió a Moisés? Moisés buscaba fuego para mantener el calor de su familia, y dio con la zarza ardiente que bañaba la tierra en luz. Yo no estaba buscando el *zikr* cuando lo encontré. De hecho, parecía que era el *zikr* que estaba buscándome. Mi tío me había mandado a que buscara a alguien que limpiara la chimenea. Se acercaba el final del otoño, y estaba haciendo frío en casa, pero la chimenea estaba llena de hollín y encender un fuego era un riesgo para la salud. Cuando finalmente llegué al local del experto damasceno en chimeneas, casi en la cima del Monte Qasiun, estaba cerrado. Un hombre que estaba parado cerca de allí me dijo que podría encontrarlo en una mezquita que quedaba incluso más arriba en la montaña. Me dirigí entonces a la mezquita. No sabía qué apariencia tenía este hombre y me avergonzaba tener que preguntarle a alguna persona en la mezquita, porque todos los presentes parecían estar absortos en oración. Me senté en un rincón de la mezquita, agotado y decepcionado. Fue entonces que oí a un hombre decir: "Ven. Siéntate a mi lado". Era un hombre bastante mayor con un turbante blanco en la cabeza. Me hizo gestos para que le tomara la mano. Después me dijo, "cierra los ojos, respira profundamente y siente tu corazón, mientras repites estas palabras sin mover la boca:

Dios está conmigo

Dios me cuida

es mi testigo

Dios está conmigo

Dios me cuida

es mi testigo"

Y eso hice. Luego me preguntó, "¿Puedes ver el nombre de Dios grabado en tu corazón con luz blanca?"

Miré en mi interior, pero todo lo que pude ver era oscuridad. Sentí que estaba parado en el tejado, mirando la chimenea oscura. Quise abrir los ojos y soltar su mano. Pero él me apretó la mano con fuerza y me pidió que respirara profundamente y que me concentrara más esta vez. De repente vi una luz muy tenue y algo casi sin forma, pero sí, vi algo, algo parecido a una llama blanca que adquirió la forma de una palabra. ¿Era el nombre del Dios verdadero? ¿Estaba escrito en árabe? ¿Era Alá? Mientras yo trataba de enfocar la imagen, el viejo me dijo: "No dejes que la palabra te distraiga. Pasa del nombre a lo que el nombre representa; contempla su majestad". En este momento sentí una descarga eléctrica. El viejo me soltó la mano y con una sonrisa agregó en voz baja: "Cuando estés acostado en tu cama, observa a tu corazón repetir las palabras que te he enseñado, hasta que te duermas. Y ahora, hijo, podemos pasar a lo de limpiar las chimeneas. El hombre que buscas está parado cerca de la ventana". Eso fue hace sesenta años, y de acuerdo con lo que mi maestro me enseñó, solamente he dormido desde entonces en estado de *zikr*.

Y así obtuvo equilibrio y estabilidad.

Estando en el horizonte más alto.

Y luego se acercó y más y más.

Hasta que quedaba un espacio de dos arcos o incluso menos.

Y entonces reveló a su sirviente lo que Él le había revelado.

El corazón podía confiar en aquello que contemplaba.

(Corán 53:6-11)

No se puede recorrer este camino a menos que el corazón sepa escuchar la voz divina. Para algunos, el Corán es un libro de leyes. Para otros, es un libro de teología. Y para otros, es un manual de la lucha entre las fuerzas de la luz y las fuerzas de la oscuridad. Pero para los que marchan por este delicado camino, el Corán es un registro de esos momentos sagrados en que la voz divina habló a través de un corazón humano.

Omar Imady

Primero se debe apreciar lo que esto significa espiritualmente. Una vez le pregunté a mi maestro por qué el Corán empezaba con una referencia a Dios con el pronombre Él y después repentinamente pasaba al plural "Nosotros" e incluso a "Mí", y quizás más adelante regresaba a Él. Mi maestro guardó silencio durante algunos segundos como tratando de determinar si yo tenía la madurez espiritual necesaria para escuchar la respuesta. Luego dijo:

"Cuando tu corazón interactúa con los versos del Corán, se vuelve supremamente sensible. Así, "Él" se convierte en un mecanismo de alejamiento, mientras que "Nosotros" te acerca, pero aun así con realeza y formalidad. Luego aparece el "Yo" y sacude la tierra bajo tus pies, seguido por el "Mí" que llega para derretirte completamente: *Si mis sirvientes te preguntan por mí, oh Profeta, diles que en verdad estoy cerca...*

Pero el "Yo'" y el "Mí" son demasiado intensos como para que nuestros frágiles corazones los sostengan, y por eso los versos nos devuelven al "Nosotros" y al "Él", que son menos directos. Si tu corazón está de verdad conectado con la voz del Corán, el "Yo" tiene el poder de hacerte temblar, como la sensación del primer momento en que saboreaste el amor, pero mucho más dulce".

Hay muchas otras maneras de saborear las implicaciones espirituales de lo que significa que la voz divina hable a través de un corazón humano. El Corán cuenta la historia de María, la madre de Jesús. Es una historia intensa y hermosa, en medio de la cual se descubre repentinamente un verso que parece no tener explicación: "Y no estabas con ellos cuando echaron a la suerte a quién le confiarían a María". Sabemos que el profeta no estaba con ellos. El profeta mismo sabe que no estaba con ellos. ¿Por qué entonces aparece este verso repentinamente? El mismo verso aparece en medio de la historia de José y tres veces en la historia de Moisés.

Pero el misterio se resuelve una vez que el corazón comienza a escuchar. Este verso aparece así porque la voz divina había elevado al profeta a tal estado de transparencia, que el profeta mismo ahora puede ver claramente los acontecimientos que se le han revelado. Es como si estuviera parado junto a Zacarías, el padre de Juan el Bautista, cuando toma a María de la mano y la lleva al templo. Es como si estuviera caminando junto a Moisés cuando entra en la ciudad de Midián. Es como si estuviera parado junto a los hermanos de José cuando traman algo en su contra. Pero la voz divina interrumpe intempestivamente la narrativa y proclama: "Y no estabas con ellos..." Es como si estuviera haciendo que el profeta regresara delicadamente del lugar donde se hallaban los ojos de su corazón y luego, protegiéndolo de ascender demasiado alto, la voz divina reanuda la historia.

Nada de esto puede entenderse simplemente al leer el texto. Debes permitir que tu corazón viva las palabras. Al poder vivir la voz coránica, el mensaje verdadero y el propósito previsto de los versos del Corán comienzan a revelarse.

Es posible que a veces tu madre te grite. Puede que trate de calmarte. Puede que sea dura y puede que sea suave. Puede que cree normas, y luego puede que decida no hacerlas cumplir. Si un extraño la escuchara, lo más probable es que no la entienda para nada. Pero tú sí. No necesitas que nadie te enseñe a escuchar exactamente lo que dice tu madre. No lo necesitas porque tu corazón está conectado con el suyo, y es así que conoces el verdadero propósito de sus palabras. Puede que te amenace, pero sabes que lo único que realmente desea es que te comportes bien. Lo que te enseña a hacer cuando eres niño puede cambiar totalmente cuando eres un adulto maduro. Si estás a punto de caerte, ella puede tirar de tu brazo con tanta fuerza que es posible que te duela varios días, pero en lo profundo de tu alma sabes que lo que estaba haciendo era tratando de protegerte. Todo esto es lo que entendemos y experimentamos con nuestras madres. Pero el Dios que nos creó nos ama mucho más que incluso nuestras propias madres. ¿Por qué entonces cuando se trata de las palabras de Dios para nosotros las sacamos con tal facilidad del contexto del amor?

El Corán es un registro de la forma en que Dios nos habló a través del corazón del profeta, no sólo en diversas circunstancias, sino también en diversas etapas de nuestra evolución espiritual. Y de todas maneras los eruditos vienen y nos dicen: "Esto es lo que está plasmado en el Corán y estas son las leyes que proclama". Pero todo lo que dicen, todos sus libros de teología y de leyes, se basan en la *lectura* del Corán con sus ojos y sus mentes, en lugar de lo que *escuchan* con sus corazones. El Corán nos enseña que es dentro del corazón donde se obtiene la verdadera comprensión: "¿O tienen corazones a través de los cuales pueden comprender las cosas?" Si nuestros eruditos escucharan de verdad, tendrían que editar la mayor parte de lo que han escrito en sus libros. Si escucharan de verdad, comenzaría una reforma espectacular. Cierra los ojos hoy mismo y comienza a escuchar con el corazón.

❖

Oh, mis sirvientes que habéis pecado en abundancia. No os desesperéis por la misericordia de Dios, pues en verdad Dios perdona todos los pecados. Él es perdón, él es misericordia.

(Corán, 39:53)

Dos historias que nuestro profeta compartió son más profundas que todos esos libros de teología y leyes: ofrecen una síntesis de todo nuestro recorrido. Una historia trata de un gato, y la otra de un perro. No invitaron a la dicha del paraíso a una mujer que se vestía modestamente, oraba y ayunaba. ¿Por qué? Porque ella no pudo cuidar adecuadamente a un gato que vivía en su casa y que murió de hambre y sed. El gato murió, y por eso también el valor espiritual de la mujer murió ante los ojos de Dios. Su modestia, sus oraciones y su ayuno no sirvieron de nada. Otra mujer vendió su cuerpo a cambio de beneficio material. No fue un acto ni de pasión ni de amor. No. Ella vendió su cuerpo a cambio de algunas monedas de plata. Una vez que estaba de viaje encontró un pozo y decidió sacar agua ella misma. De repente vio a un perro sediento y así como sacó agua para sí misma, sacó agua para que el perro bebiera hasta que su sed estuviera saciada. Esta mujer fue invitada a la dicha del paraíso. Y ella ni siquiera buscaba perdón, pero de todas formas lo recibió porque fue especial ante los ojos de Dios.

El pecado nos da humildad. Hace humildes nuestros corazones. Pero si somos obstinados y vamos demasiado lejos, también puede quemarnos. La mayoría de las cosas que las leyes religiosas nos dicen que evitemos ahora han sido explicadas por la ciencia. Todo lo que se demuestra médicamente que es dañino para nuestros cuerpos no debe ser parte de nuestras vidas, pero esos pecados son menores, mucho menores que los pecados que cometemos uno contra el otro. El pecado de maltratar a un gato, y a un ser humano, puede bloquear a alguien para siempre de la majestad de Dios.

❖

Y del agua creamos todo ser viviente.

(Corán, 21:30)

Una vez que el pecado hace humilde al corazón, es como el agua, intentando siempre desaparecer en las partes más bajas de la tierra. Se puede aprender mucho del agua. Se debe ser tan permisivo como el agua. Observa cómo adquiere las diversas formas de los objetos en que se vierte, sin que cambie su verdadera naturaleza. Sé tan persistente como el agua. Observa cómo baja por una roca, siglo tras siglo, hasta que se reduce a arena. Sé tan sabio como el agua. Observa cómo se evapora cuando hace calor y cómo vuelve de nuevo a la tierra en forma de lluvia cuando el clima es más fresco. Sé tan abierto como el agua. Observa cómo cae del cielo de igual manera sobre las chozas de los pobres y los castillos de los ricos. Sé tan cariñoso como el agua. Observa cómo su rocío besa la hierba al amanecer. Cuando seas como el agua, todo lo que te toque cobrará vida.

Proclama ante ellos: Todos esperan los acontecimientos que creen que ocurrirán.

(Corán, 6:158)

Nuestro profeta habló del fin de los tiempos. Describió ciertas señales pequeñas y grandes señales. Todas las señales pequeñas han ocurrido. Ahora estamos en el principio de la etapa final. La etapa final puede durar años, como también puede durar siglos. Solo Dios sabe cuánto tiempo durará. Pero sí, estamos en el principio del final. Muchos se han percatado de esto, y esperan con gran ansiedad. ¿Pero qué es lo que están esperando? ¿La victoria? ¿La justicia? ¿Un mundo mejor? Se puede saber mucho de una persona si se sabe exactamente qué está esperando.

Vivir en el final de los tiempos es vivir en la era de Cristo. Es vivir en un estado de espera de su regreso. El regreso de Cristo es la más importante de las principales señales. Llevará eventualmente al final de la guerra y a la culminación de nuestra civilización humana. Una era en que nos convertiremos en todo lo que se supone que debemos ser. Nuestro profeta dice, "si alguno de ustedes todavía está vivo cuando Cristo, el hijo de María vuelva, díganle: Nuestro profeta te envía sus saludos de paz".

Pero la tierra necesita prepararse para este evento. Hay mucho por hacer. Debe haber cambios significativos en la manera en que la gente piensa y siente. La mayoría de estos cambios ocurrirán por sí solos. El desenlace de las fuerzas que llevarán a estos cambios empezó hace tiempo, pero hay labores muy importantes que no se han hecho.

Al igual que ocurrió en la era de Cristo, nuestro mundo actual está siendo capturado por un "imperio romano", un nuevo tipo de imperio romano. Es un imperio que respeta a los seres humanos, sus libertades y sus derechos intrínsecos, pero a la vez es un imperio que no respeta lo sagrado, que tiene poco espíritu y ha perdido el sentido del propósito. Y tal como fue en la era de Cristo, este imperio alberga cuatro grupos importantes, cada uno con su propia meta.

Primero están aquellos que se preparan para una batalla final. Ellos esperan una victoria militar contra este nuevo tipo de imperio romano. Tienen distintas religiones, pero están unidos bajo el mismo propósito, unidos en el odio. Pero la era de Cristo es una era de vida, no de muerte. Habrá una victoria, pero no será una victoria militar. El hijo de Adán le dijo una vez a su hermano: "si vas a levantar la mano para pegarme, yo no levantaré la mía para pegarte. Temo a Dios, el Señor de los Mundos". Finalmente estamos listos para comprender estas palabras, para echar la violencia a un lado. Hubo que desarrollar armas nucleares para que finalmente nos diéramos cuenta de que la época violenta debe terminar, pues de lo contrario también será nuestro fin.

El segundo grupo es el de los protectores de la ley de esta era, que esperan la llegada del tiempo en que las leyes religiosas a las que han dedicado sus vidas sean adoptadas por un estado que las aplique en su totalidad. Están esperando una victoria legal, pero la mayor parte de las leyes que han creado se han desconectado de su propósito original. Y mientras estos eruditos siguen discutiendo sobre asuntos legales que no tienen nada que ver con las vidas que viven en la actualidad, estamos perdiendo a generaciones enteras de creyentes por el materialismo.

Los que se han perdido constituyen el tercer grupo. Es el más numeroso de todos los grupos. Millones y millones de personas se han perdido ante el materialismo. Esperan, y de hecho se esfuerzan por llegar al día en que puedan convertirse en ciudadanos del nuevo imperio.

Y hay un cuarto grupo, el grupo de los que esperan al honorable maestro que sacará a este mundo de su oscuridad, el grupo de los que esperan a Cristo. En verdad el nuevo imperio será victorioso sobre todos sus enemigos, pero será conquistado desde adentro por los nuevos seguidores de Cristo, tal como sus seguidores anteriores llenaron el primer imperio de luz. En este grupo se encuentran unos cuantos que desempeñarán un papel especial cuando Cristo regrese, los que estarán en Damasco para darle la bienvenida. Esta es una labor que sigue sin emprenderse.

"Jesús, el hijo de María, descenderá sobre la torre blanca, al este de Damasco,

con sus manos apoyadas en las alas de dos ángeles que lo descenderán.

Cuando él levante su cabeza, caerán gotas de agua y se dispersarán como perlas".

(Tradición profética)

Habrá entre los seguidores de nuestro profeta sucesores de los discípulos de Cristo. Pero será necesario identificar a estos discípulos, cautivar sus corazones, y convertir sus vidas en una experiencia de intensa anticipación. Si estuviera joven, saldría a buscarlos. Y cuando Cristo descienda sobre la torre blanca, al este de Damasco, cuando llegue envuelto en capas de luz, me gustaría estar allí para besarle la mano y susurrarle "oh, príncipe de esta era, el sello de todos los profetas te envía su paz".

Dios estaba complacido con aquellos que te juraron fidelidad bajo el árbol...

(Corán, 48:18)

Un convenio de fe une a los miembros de este cuarto grupo. Es un convenio que no solo corta y pule el diamante, sino que es también la bóveda sellada que lo lleva a través del final de los tiempos:

Mantendremos y respetaremos la unidad y la trascendencia majestuosa de Dios, y abriremos nuestros corazones para experimentar su presencia y su amor.

Nos dedicaremos al ofrecimiento desinteresado para que se nos bendiga con verdaderos corazones.

Saldremos del camino del materialismo y lo haremos en nombre del amor. Instruiremos a nuestros corazones para que respiren antes de que nos quedemos dormidos.

Omar Imady

Escucharemos con nuestros corazones las palabras de nuestros libros sagrados. El pecado nos hará más humildes, pero no nos quemará.

Personificaremos las cualidades secretas del agua y trataremos de darle vida a todo aquel que se cruce con nosotros.

Y dominaremos el arte de la paciencia y de la espera tranquila de la llegada del príncipe de esta era, Cristo.

❖

3

A principios de diciembre de 1998 Nouri murió. Después del entierro, Yune volvió a casa y se sentó en su sofá preferido, que daba a una ventana grande con vista a Darayya, una ciudad al oeste de Damasco. Durante tres días enteros no dijo una sola palabra y estuvo más o menos pegado al sofá. Amanda se preguntaba si debía consultar a un médico, pero finalmente él tomó una larga ducha, se vistió y se dirigió a su oficina.

Fue la lección de Nouri sobre la espera de Cristo lo que convenció a Yune de que él tenía un papel en la preparación de la tierra para la segunda venida. Mis compañeros del Monte Hermón y yo aceptamos y sentimos que ahora entendíamos por qué esta persona que nos había consumido durante treinta y dos años era tan importante. Tenía un papel en la labor que "seguía sin emprenderse", la labor de identificar a los sucesores de los discípulos de Cristo que estarían allí para darle la bienvenida cuando regresara. Súbitamente Yune y nosotros, los guardianes del diseño, estábamos en el mismo plano.

Omar Imady

VI. Preparar el camino del Señor

1

Once estarán divagando por las sombras. Doce estarán allí cuando Damasco vuelva a rehacerse.

Asa, Rahma y Risha - 12 meses.

"Parece un código numérico".

"Como quiera que parezca, el sexto cilindro me ha hecho regresar".

"Sí. ¿Pero por qué Rahma y Asa?"

"Asa para darle autoridad a Yune. Rahma para darle el poder de cautivar los corazones y yo para darle el poder del cosquilleo".

"Una combinación fascinante. ¿Y con qué propósito?"

"Eso es para que mi inteligente Raqeem lo descubra. Mientras tenga acceso a mi Yune de nuevo, estoy en las nubes".

"¿En las nubes?"

"Sí, en las nubes, es una expresión humana", dijo Risha apuntando al cielo y asintiendo con la cabeza como un niño que confirma una idea.

"Pon las nubes de lado un minuto, Risha y ayúdame con estos números. ¿Primero once, y ahora doce?"

"Escucha, debe tener algo que ver con lo que dijo Nouri sobre identificar a los discípulos de Cristo".

"Yune saldrá a identificar a los once, usando autoridad, amor y seducción para facilitar su labor.

Identificará a once de ellos, y una vez que se una él mismo a ese grupo, se convertirán en..."

"¡Doce! ¿Pero dónde los encontrará?"

"Donde pasa más de ocho horas cada día".

"¿La "UNESCO?"

"¿Dónde más, Risha? Apenas conoce gente en esta ciudad. ¡Cuando no está en casa está en el trabajo!"

"Vale, vale. Entonces tu trabajo es crear posibles formas de acceso para Asa y Rahma en la UNESCO".

"¿Y el tuyo?"

"Por mí no te preocupes. Tendré un puesto allí mañana mismo".

Llegado marzo de 1999, los tres ángeles habían establecido conexiones importantes en la UNESCO. Asa y Rahma entraron en forma de consultores especiales. Asa iba a preparar un informe sobre la enseñanza secundaria y Rahma un informe sobre el ascenso de las mujeres en la Siria contemporánea. Ambos tenían que visitar la oficina a menudo para proporcionar informes preliminares y utilizar la pequeña biblioteca del piso alto. El verdadero informe que se había confiado a Asa y Rahma era una genealogía espiritual y una biografía emocional de cada hombre y mujer, tanto empleados como consultores, que trabajaban con Yune en la UNESCO o que incluso solamente habían visitado el lugar. No es que no confiara en la capacidad de Yune para elegir a los discípulos adecuados, pero mi misión consistía en asegurar que las decisiones tomadas fueran correctas y que la información proporcionada por Asa y Rahma me ayudara a confirmarlo. Risha, por otra parte, ahora era la nueva recepcionista. Nadie podía entrar o salir de la oficina, y nadie podía hacer una llamada telefónica ni recibirla sin pasar por Risha. Durante los nueve meses siguientes, de marzo a diciembre de 1999, Yune, según lo atestiguado por todos mis compañeros del Monte Hermón, se entregó por completo a su labor. Su desempeño, aunque enaltecido por la presencia de Asa, Rahma y Risha, fue siempre apasionado y a menudo impresionante.

❖

Si se le pidiera a Yune que identificara la característica más importante de los discípulos que buscaba, habría contestado que "tienen que ser niños". Era una metáfora sobre la cual se extendió en varios de sus propios poemas.

Sabes que te has convertido en niño

Cuando tu corazón está lleno

Y tus manos están vacías.

Los niños viven en los rincones olvidados de este mundo.

Los encontrarás en las ruinas de los templos, las iglesias y las mezquitas.

Sujetos a pruebas, subyugados, sus párpados pegados.

Ocultos bajo la sombra del sol.

Debajo del hielo septentrional, allí los encontrarás.

Celebrando su nada.

Ansiosos por confesar sus debilidades.

Y combinando sus caminos en uno solo.

Era un cuarto.

Como los cuartos de los hospitales.

No muy lejos de los pasillos

que llevan a las señales de cuidados intensivos.

Era un cuarto.

Como los cuartos de las pirámides.

Bloqueados de la luz, pero aun así profanados por todos.

Adornados con los himnos de una fe antigua.

Enterrados bajo las dunas de arena del mediodía.

Era un cuarto.

Y era el corazón de un niño.

En su intento de identificar a estos niños, Yune se percató rápidamente de que no era labor suya prepararlos. De hecho, había que descubrirlos. Cada uno de ellos ya había sido seleccionado y moldeado, pulido y mejorado a lo largo del tiempo. La principal diferencia entre ellos y Yune era el hecho de que eran discípulos inconscientes: no sólo no eran conscientes de quiénes eran, sino también de lo que tenían que hacer. Yune tenía que descubrir lo que ya había en ellos y también lo que les faltaba, y ninguno de sus propios encantos podría crear lo que no existía ya. Yune llegó a entender esto no a través de un concepto teórico en el que se había sentado a pensar, sino a través de una experiencia personal dolorosa.

Durante este mismo período, Maya, la misma Maya de su adolescencia en Kuwait, repentina e inesperadamente regresó a su vida. Ocurrió con una llamada telefónica que interrumpió una tarde ordinaria de marzo. Ella dijo que llamaba solamente para saludar. Se había reunido con la madre de Yune el día anterior y así obtuvo el número de su trabajo. Maya ahora vivía en Beirut y trabajaba para una empresa de diseño gráfico. Puede que sí, que sencillamente quería saludar, pero Yune percibió su llamada telefónica como una señal importante. Ella sería la primera sucesora de los discípulos de Cristo. Cuatro semanas después, habiendo cruzado la frontera sirio-libanesa varias veces, y habiendo pasado muchas noches en los escondrijos de los artistas de Beirut, eso sin mencionar conversaciones telefónicas que duraban horas y horas, después de todo esto, Yune pudo saborear completamente las palabras que alguna vez de revelaron al profeta del islam en medio de su ferviente deseo de convertir a su tío al monoteísmo: "No diriges a los seres que amas. Es de hecho Dios quien dirige a quien Él quiera".

Lo irónico es que Maya resistió la invitación de Yune, pero no resistió a Yune; haciendo aún más difícil que Yune comprendiera lo que estaba ocurriendo en verdad. Pasados unos días, Maya parecía dispuesta a dejar atrás su vida entera para estar con Yune, el mismo Yune que la había abandonado catorce años antes. Ella habló de la partida a Noruega, de un nuevo comienzo para los dos, un período terapéutico en los bosques noruegos, pero en el momento en que él comenzó a hablar de Cristo y de la segunda venida, ella sonreía y miraba a otro lado, "¿en serio has regresado a mi vida para hablarme de Jesús?"

Para complicarlo todo aún más, Maya tenía todos esos rasgos hermosos que uno relaciona naturalmente con la espiritualidad:

profundidad de espíritu, amabilidad y sensibilidad poética. "¿Cómo se lleva a una persona espiritual hacia la espiritualidad?" Yune a menudo se hacía esta pregunta mientras conducía por la carretera entre Beirut y Damasco. Pero la espiritualidad de Maya no estaba abierta a nada remotamente relacionado a la religión. Y no importaba cuántas ventanas pudiera abrir Yune dentro de ella, pues no podía convencerla de que mirara a través de esas ventanas y viera el cielo.

Cuatro semanas después Yune finalmente entendió que para cruzar al otro lado se requiere más que la mera existencia de un puente y un guía. Los discípulos que buscaba habían estado esperando su vida entera ese momento en que se les invita a cruzar. Quizás no estén conscientes de esto a nivel intelectual, pero basta compartir la idea con ellos para que la reconozcan. Maya escuchó la idea en varias ocasiones y en todas ellas la ignoró. Y así, hermosa y pura toda ella, no era del grupo de los doce. Y así también, cuatro semanas después la atención de Yune se dirigió a otro objetivo.

A pesar de todo el tiempo que llevaba en Damasco, Yune no tenía ningún amigo verdadero. Sin embargo, tenía muchos conocidos, la mayoría de ellos sus colegas en la oficina de la UNESCO. Era por lo tanto algo natural, o quizás debería serlo, que se centrara en identificar a los discípulos entre sus colegas. Sabiendo cuando le fastidiaban a Yune los hombres presuntuosos en posiciones de autoridad, no era sorprendente hallarlo enfocado en sus colegas femeninas y en los hombres que tenían cargos muy humildes en la oficina. Pero al final los discípulos se dividían uniformemente, seis mujeres y seis hombres. Sin contar a Yune ni al discípulo once, cuyas afiliaciones religiosas eran tan misteriosas como su identidad, cinco eran musulmanes, y cinco eran cristianos, incluidos católicos, protestantes y ortodoxos. Los siguientes países estaban representados, por orden de ancestro: Siria, Palestina, Egipto, España, Alemania y Rusia. Pero Yune por supuesto tenía entre sus propios antepasados africanos, asiáticos, europeos y estadounidenses.

Esta era la clasificación de Yune de los rangos y los títulos de los discípulos:

Tariq al Kashef

Gemelo del corazón de Yune

El Profeta Mohamed una vez describió a Abu Bakr como el único de sus compañeros que aceptaba su mensaje sin vacilación. No había tentación de ningún tipo, ni promesas necesarias, ni obstáculos por vencer. Así eran también las cosas con Tariq, el hombre que se convirtió en amigo de Yune en la Universidad de Pensilvania. Tariq ahora vivía en Amán, ciudad cercana. A principios de abril Yune le pidió que lo visitara en Damasco. Cuando se reunieron, Yune le preguntó sin preámbulo alguno: "¿Puedes esperar conmigo a Cristo?" Y Tariq respondió inmediatamente: "¿Y qué más podría hacer?"

Las tres hijas

También en abril Yune hizo un convenio con tres discípulas. Para él eran hijas, las hijas de hombres muy especiales. Sofiya y Raydana eran hijas del profeta Mohamed a través del linaje de al-Hasan y de al-Husain; y Eva era la hija de un reformador religioso muy especial, Banudi Sanqin.

Sofiya al-Hasani era descendiente del profeta a través del linaje de su nieto mayor, al-Hasan. El día en que se unió a los discípulos, Yune sintió que le habían entregado un valioso diamante. Sofiya era jefe de recursos humanos en la UNESCO. Siempre que no estaba trabajando, estaba leyendo un libro. Un día en que leía a Kafka, Yune se sentó a su lado y le habló sobre Cristo. Ella se quedó en silencio. El día siguiente, Yune encontró un documento doblado sobre su escritorio con estas palabras: "Nadie habría podido entrar en este lugar porque esta puerta ni siquiera existía. Fue creada solamente para ti, y ahora voy a cerrarla".

Raydana al-Husaini era descendiente del nieto más joven del profeta, al-Husain, además de ser la esposa de Tariq al Kashef. Tariq le hablaba constantemente sobre la llegada de Cristo hasta que ella accedió a conocer a Yune. Tras llegar a Damasco, pidió sentarse sola con Yune. Ella siempre había sentido que podía determinar si alguien estaba diciendo la verdad. Era una cualidad que pensaba había heredado de su abuelo, el profeta del islam. Tariq los dejó en la oficina de Yune. Después de una hora regresó, lleno de ansiedad y a la vez de la esperanza de que su esposa hubiera abandonado toda resistencia. Cuando entró en la oficina, Raydana tenía la mano de Yune en la suya. Estoy contigo. Todo lo que soy está contigo", le dijo a Tariq mientras le tomaba la mano con su mano izquierda y mantenía la derecha aferrada a la mano de Yune.

Eva Sanqin era la bisnieta de Banudi Sanqin, de los campos de Homs. A finales del siglo XIX, Banudi conoció a un evangelista presbiteriano en Damasco y se convirtió al presbiterianismo. Al regresar a su pueblo, su comunidad cristiana siriaca lo acusó de herejía, pero él se mantuvo firme y logró convertir a sus dos hermanos. "Esta nueva trayectoria" exclamó, "está más cerca de la espera de mi príncipe, Cristo". Un siglo después su bisnieta pasó por la biblioteca de la UNESCO para pedir prestado un libro. Allí conoció a alguien que le habló de un camino que se acercaba más a la espera de Cristo. Cuando Yune le tomó la mano, ella susurró: "Sé que es difícil de creer, pero en cuestión de sesenta minutos has entrado al sitio mismo de mi corazón que ocupan mis hijos. Seré fiel a lo que has compartido conmigo hasta el final".

Las dos llamas

En mayo de 1999, Yune encontró a dos discípulos más que permanecieron a su lado. Siempre que daba la vuelta, al menos uno de ellos estaba allí. Yune los veía como llamas con las que siempre podría contar sin importar cuánta oscuridad o tempestades encontrara.

Nabeel Sidiqui

Nabeel Sidiqui era un hombre de mediana edad que hacía diligencias y preparaba el café y el té para los empleados de la UNESCO. Todo en su vida era ordinario: su pasado, su educación, su casa. Su esposa era lo único que no era ordinario en su vida, pero solamente por lo sistemático de su abuso hacia su marido. Nabeel detestaba los enfrentamientos y hallaba refugio de los insultos en su casa en una pequeña mezquita de Rukn al-Din donde un Imam llamado Shaikh Ahmad le habló sobre ser embajador del verdadero islam en una era en que la mayoría de los musulmanes distorsionaban su fe. El verdadero islam, según Shaikh Ahmad, es por encima de todo "prestigioso". Es prestigioso porque no importa cuál sea su religión, no puede evitar quedar impresionado cuando la observa en acción. "Nabeel, si no se impresionan, si no piensan que la religión es prestigiosa, quiere decir que algo anda mal con la forma en que la representas, o algo incluso peor, que algo anda mal con la forma en que la entiendes". Y así pues, no había nada más desagradable para Shaikh Ahmad que aquellos musulmanes que cometían actos que no sólo hacían que los demás le restaran prestigio a islam, sino que también lo hacían parecer ignorante, violento y brutal. Así le encantaba a Nabeel pasar las noches, escuchando a Shaikh Ahmad hablar de un islam prestigioso digno de dirigir a la civilización humana hacia una espiritualidad iluminada.

Nabeel, como ocurrió con todos los discípulos, tuvo que experimentar tres etapas de selección: la inicial, la preparatoria y la final. Los ángeles estábamos bien conscientes de este proceso. La selección final no debe confundirse con la selección inicial o con la preparatoria. La trayectoria comienza con la selección inicial, pasa a la preparatoria y luego a una pregunta. Y según la respuesta a la pregunta, se confirma o se rechaza la selección final.

La selección inicial de Nabeel Sidiqui se basaba en el hecho de que él era el único descendiente masculino vivo de Santiago, el hermano del Señor. Ni Nabeel ni ninguno de sus antepasados recientes estaba consciente de esta magnífica conexión. En el siglo X, Ilyas, bisabuelo de Nabeel, dejó a su familia en Jericó después de que su hermano se casara con la mujer joven de la que estaba secretamente enamorado. Ilyas se radicó en Damasco, donde al cabo de un tiempo se convertiría al islam y se casaría con la hija de su vecino, un hombre profundamente religioso que cuidó de Ilyas como si fuera su propio hijo. Ocultó de sus hijos todas sus conexiones pasadas, excepto su amor especial por Cristo y su decisión de vivir una vida honrada. Santiago era conocido como "El Justo", y un milenio después, Ilyas sería conocido entre otros damascenos como Ilyas Sidiqui, o Ilyas El Justo.

La selección preparatoria de Nabeel terminó la noche en que caminó de regreso a su casa con la sensación de haber recibido un decreto real de Shaikh Ahmad que lo nombraba caballero espiritual de élite a cargo de compartir el monoteísmo puro con el mundo. Llegó a casa e hizo todo lo posible por abrir la puerta sin despertar a su esposa.

"¿Sabes que voy a hacer mañana? Iré a tu dichosa mezquita y te expondré ante tu jeque. Voy a decirle lo difícil que es para ti sostener a esta familia, y quizás entonces se dé cuenta de que está perdiendo el tiempo contigo".

Su hija, que estaba en una habitación cercana, comenzó a llorar. Nabeel se preguntó si la chica había oído los gritos de su esposa. Cada célula de su cuerpo quería gritar también, quería decirle a su esposa que ya estaba harto. Pero su cólera fue interrumpida por una pregunta que oyó en la propia voz de Shaikh Ahmad, "¿sería prestigioso gritarle a ella?" Nabeel se quedó pensando por un instante y después se dirigió de prisa al dormitorio de su hija, evitando el contacto visual con su esposa. Su hija lo miró y luego cerró los ojos. Él le puso la mano en la cabeza y le cantó en voz muy baja:

"*Allahu Allah Allahu rabi, awni wa hasbi, mali siwahu, mali siwahu* – Dios es mi señor, el que me da ayuda y sostén. No tengo a nadie a quien acudir, excepto a Él. No tengo a nadie a quien acudir, excepto a Él".

A Yune alguna vez le confesó que "...cuando canto, solamente mi madre sabe que de verdad estoy llorando".

Desde que Yune empezó a trabajar en la UNESCO, Nabeel se sintió atraído hacia Yune. Nadie le sonreía como Yune. Nadie le preguntaba por qué parecía cansado, triste o incluso feliz, excepto Yune. Y nadie le pedía que se sentara a beber la taza de té servida, excepto Yune. Con Yune, Nabeel sintió que se convertiría en el embajador de más alto nivel que sentía que era. Y con Yune compartiría las palabras que Shaikh Ahmad había compartido con él. Y Yune le sonreiría y le diría cuánto estaba de acuerdo con estas palabras. Y cuando Yune compartió con él su visión de la llegada de Cristo, cuando la pregunta que constituía la elección final de Nabeel llegó, Nabeel sintió que lo habían ascendido de embajador del islam verdadero a sucesor de los discípulos de Cristo. Un ascenso prestigioso que Nabeel aceptó por completo. Por lo tanto, su elección final se había confirmado. A partir de ese día Nabeel estaba feliz en compañía de Yune, con la esperanza de ser útil de cualquier manera. Permaneció más que nada callado y a un lado, pero si Yune necesitaba algo, él corría a hacerlo.

Nabeel desempeñó un papel importante en convencer a Rakan Madi, el ayudante personal de Yune, a que se convirtiera en uno de los discípulos. Pero Rakan, como lo demostrarían los eventos ocurridos más adelante, se les unió por su deseo de no quedarse por fuera de lo que percibía como el círculo de influencia de Yune. Buena parte de la confianza que Yune había depositado en él sería traicionada.

Alisar Cozak

Alisar era la sobrina de Nadeen, mujer cristiana que trabajaba en la unidad de investigación de la oficina de la UNESCO. Yune sentía que tenía una relación estrecha con Nadeen y estaba considerando seriamente invitarla a unirse al grupo de los discípulos cuando ella lo sorprendió con una petición. Le dijo que quería presentarle a su sobrina de diecinueve años, que tenía depresión severa. "Se despierta gritando cada noche. Yune, tú tienes algo que me calma. ¿Quizás también podrías ayudar a Alisar?"

Alisar era de estatura mediana, con el pelo negro y el cuerpo con forma de reloj de arena. Su forma de vestir acentuaba sus fuertes rasgos femeninos. Cuando entró en la oficina de Yune a principios de mayo de 1999, llevaba puesta una falda larga con raja a cada lado y una camiseta apretada y corta que dejaba ver su ombligo.

"¿Y por qué pediste verme?" Preguntó mientras se sentaba en el pequeño sofá frente al escritorio de Yune. Era una mujer confiada y completamente cómoda mirando directamente a Yune a los ojos.

Yune sonrió. "Fue algo por fuera de mi control".

"¿Es que te interesas en mí?"

"Pues sí. De formas que podrían sorprenderte".

"Nunca me he acostado con un hombre mayor. De hecho, hasta ahora solamente me he acostado con una almohada".

"¿Una almohada?"

"Sí. Tenemos una relación física seria. Hasta nombre le he puesto. Se llama Juan. Como Don Juan".

"Entonces pones la cabeza en Juan. ¿Y luego?"

"Ah, no. Tengo otra almohada para la cabeza. Juan duerme entre mis piernas. Y luego, repentinamente, en medio de la noche y después de asegurarse de que estoy profundamente dormida, me hace el amor".

Yune giró la cabeza hacia la ventana de la derecha, pero no porque se sintiera incómodo, algo que lo sorprendió.

"¿Sabes qué es aún más íntimo que hacerle el amor a alguien?"

"¡Sorpréndeme!"

"Dormir en los brazos de alguien".

"No tengo problemas para dormir".

"No, pero por otra parte despiertas de repente con el corazón acelerado. Sabes que acabas de tener una pesadilla, aunque no puedas recordar nada. Y ahogas la pena en Juan".

"¿Nadeen te dijo esto?"

"Nadeen no sabe de esto. Puedo librarte de las pesadillas".

❖

Alisar se paró, caminó hacia la puerta y la cerró. Luego se acercó a Yune hasta quedar justo delante de él. Yune siguió tranquilamente sentado en su silla, como si supiera que esto iba a ocurrir. Alisar se inclinó, le puso la mano sobre los ojos como tratando de bloquear en Yune la percepción de lo que ella estaba a punto de hacer. Lo besó. Fue un beso largo. Su lengua encontró el camino a la boca de él y antes de retirar la cabeza, le mordió suavemente el labio. Luego le quitó la mano de los ojos como para ver qué efecto había tenido sobre él. Los ojos de Yune seguían cerrados. Alisar pudo ver, tan bien como yo pude ver, que de alguna manera Yune había esquivado el impacto de su beso.

Él le susurró: "Puedo librarte de las pesadillas".

"Hazme el amor y me libraré de Juan", respondió ella.

Yune sonrió y le preguntó: "¿Qué planes tienes para esta tarde?"

"Ninguno, si es que quieres verme", dijo ella

"Sí. Encontrémonos a las cinco".

"Vale. ¿Dónde?"

"Aquí, y luego vamos a alguna parte".

Alisar regresó a las cinco. Yune estaba esperándola afuera en su auto. Él la vio llegar en un taxi y la llamó por su nombre cuando ella se dirigía a la entrada principal de la oficina de la UNESCO. Al escucharlo dio la vuelta y se dirigió al auto. Ahora tenía puesto un vestido sin mangas. Era blanco con pequeñas rosas rojas estampadas. Sus zapatos de tacón alto acentuaban su forma de caminar, que parecía naturalmente sensual.

Se subió al auto y de inmediato puso la mano en la pierna de Yune. "¿Estoy a punto de serle infiel a Juan?"

Yune se quedó en silencio y condujo hacia el casco antiguo de la ciudad.

"¿Conoces a Bob Dylan?" Preguntó ella.

"Debería ser yo quien te hace esa pregunta. ¡Eres demasiado joven para conocer a Bob Dylan!"

"Pues que sepas que me gusta. Si quieres que me caliente, pon algo de Dylan".

Yune miró hacia el compartimento de la puerta izquierda donde tenía los discos compactos.

"Me temo que eso de ponerte caliente tendrá que esperar", dijo él.

"No te preocupes. Puedo escucharlo en mi mente", respondió Alisar.

"Ah, ¿sí? ¿Qué canción estás escuchando en este momento?"

"Mr. Tambourine Man (Señor Pandereta)".

Al norte de la ciudadela hay un pequeño callejón que había sido remodelado recientemente. Yune pasó debajo del arco y paró el auto. Cerró los ojos y recitó el *Fatihah*, el capítulo introductorio del Corán.

"¿Qué estás haciendo?", preguntó Alisar.

"Abu al-Darda', que fue el primer juez musulmán de Damasco, está enterrado aquí. Acabo de enviarle una oración".

"¿Tienes una casa en este sector?" Preguntó ella.

Yune siguió conduciendo. Giró a la derecha, luego a la izquierda, y estacionó el auto.

"Ven".

Alisar lo siguió. La Gran Mezquita estaba a pocos pasos. Yune se dirigió al acceso para turistas. Compró una entrada para turistas y pidió un *jilbab*, una bata con capucha que debían llevar dentro de la mezquita las mujeres que no estuvieran vestidas modestamente. Se lo pasó a Alisar.

"¿Vamos a hacer el amor en la mezquita? No es que me importe si a ti no te importa", dijo ella.

Yune le tomó la mano y caminó hacia Bab al-Faradis, que quedaba debajo del alminar de la novia, del lado norte. Él se quitó los zapatos y los dejó con el guardia de la entrada. Con un gesto le indicó a Alisar que hiciera lo mismo. Se detuvo brevemente para mirarla. La bata negra con capucha y los pies desnudos la hacían verse muy, muy distinta, pero no borraban su sensualidad natural.

Esta vez Alisar le tomó la mano a Yune como si esto se hubiese convertido en algo natural entre ellos. El patio estaba prácticamente vacío. Algunos niños corrían y perseguían palomas. Varias mujeres disfrutaban una conversación sentadas a la sombra. Yune caminó hacia la derecha en dirección de la bóveda del tesoro. Él se sentó, recostando la espalda en una de las columnas.

Alisar, todavía de pie, preguntó "¿aquí? No va a ser muy cómodo que digamos..."

"Siéntate Alisar. Ahora mira hacia arriba. El alminar de la derecha muy pronto será testigo del principio de algo tan magnífico, que cambiará la naturaleza misma de la civilización humana".

"Pues yo lo único que quiero es besarte", respondió ella.

Se acercaron unas cuantas palomas como dudando si era prudente o no. Gorjeaban unas a otras y empezaron a acercarse. Cada vez llegaban más, y muy pronto Yune y Alisar estaban completamente rodeados de palomas.

"¿Qué quieren?" Dijo Alisar a gran volumen.

"Quieren que te portes bien" contestó Yune con una sonrisa.

"Diles que se vayan" replicó ella.

Esta vez Yune le puso la mano sobre los ojos.

"Necesitamos poner a Juan a un lado por un momento".

Alisar sintió la brisa de primavera en su rostro y el piso frío de mármol bajo sus pies desnudos. De repente sintió que la asaltaba una ola de sueño. Trató de resistirla, pero la mano de Yune y el dulce sonido de risas infantiles en la distancia lo hicieron aún más difícil. Ella dejó de resistir y apoyó la cabeza en el regazo de Yune. Su cuerpo se hizo un ovillo, con las manos entre las rodillas. Una valiente paloma se acercó a sus pies y luego le saltó en la pierna. Yune sonrió, preguntándose cómo se sentiría Alisar si abriera los ojos en ese momento. Se quedó dormida hasta que la llamada a orar de la puesta de sol rompió el silencio. Alisar abrió los ojos.

"Seguramente me drogaste".

"Fueron las palomas, no yo. ¿Soñaste algo?"

"Sí, pero no hubo ninguna pesadilla. Evidentemente debo reemplazar a Juan contigo".

"Juan se va a enfadar".

"Pues le conseguiré una almohada femenina".

Alisar se acercó al rostro de Yune, lo que hizo que él temiera que la intención de ella era besarle allí mismo, en el patio de la mezquita. Pero la boca de Alisar estaba junto a su oído. "Hechízame, y te prometo que me dejaré encantar".

Alisar Cozak nació en Damasco, pero sus antepasados recorrieron las extensas estepas de Ucrania. Los cosacos eran apasionados amantes de la libertad, y estaba claro que Alisar había heredado esa característica. Después del final de la guerra civil rusa en 1920, se marcharon de Rusia muchos cosacos que anteriormente se habían alineado con los llamados Blancos. La mayoría emigró a otros países europeos, e incluso a Estados Unidos y Canadá, pero Andri, el bisabuelo de Alisar, decidió dirigirse a Turquía y posteriormente a Siria, estableciendo su residencia en la ciudad de Kafroun, al norte. Su decisión fue tomada a partir de un sueño en el que una voz le pidió que se fuera a Siria y encontrara la montaña de la Virgen María. Encontró la montaña cerca de la ciudad de Kafroun. Allí compró un pequeño terreno, construyó una casa y se casó con la hija del panadero del pueblo. Un día en que estaba trabajando en su granja, se preguntó qué habría pasado si hubiera hecho algo diferente. ¿Qué habría pasado si hubiera emigrado a Alemania, como lo hizo la mayoría de sus parientes? ¿Habría sido más fácil la vida? ¿Cómo pudo tomar una decisión tan importante a partir de un simple sueño? Estas preguntas se repetían en su mente en una voz cada vez más alta. Esa noche se acostó temprano, tratando de escaparse del ruido de sus pensamientos. Soñó que le mostraban a una chica, joven y hermosa. Ella llevaba una corona de diamantes más brillantes que los que llevaba el Tsaritsa. Preguntó "¿quién es ella?" Y la respuesta recibida fue: "Es tu descendiente y es la razón por la que has venido aquí". Andri despertó con una hermosa sensación. No entendía a qué se refería exactamente el sueño, pero tenía algo tan especial, que fue suficiente para acallar las dudas de una vez por todas.

Esa tarde marcó el principio de una nueva Alisar, en el patio de la Gran Mezquita. Al igual que su bisabuelo antes que ella, no entendía muy bien lo que quiso decir Yune con todo el asunto de la venida de Cristo, pero él tenía algo suficientemente profundo y fuerte como para disipar su lado oscuro. La sensualidad ordinaria, que se alimentaba de la relación oscura con su amigo imaginario Juan, dio paso al arrepentimiento y a una sensualidad ligera que se expresaba de una manera casi inocente.

Alisar seguía a Yune a todas partes, incluso más que Nabeel. Una vez durante un viaje a Alepo en labores de la UNESCO Yune regresó a su hotel tarde en la noche y la encontró sentada en el pasillo junto a la puerta de su habitación.

"Es tarde".

"Y tú estás en el lugar incorrecto".

Ella lo siguió al interior. "Tengo mucho sueño. No puedo creer que me hiciste esperar tanto tiempo".

"Alis" (así le llamaba Yune) "¡ni siquiera sabía que estabas en Alepo!"

"Dice el tipo que se cree intuitivo".

Yune entró al baño y al salir la encontró metida en la cama. Sacudió la cabeza y se metió en la cama con ella. Alisar puso la cabeza en el brazo derecho de Yune como lo hace una hija joven con su padre.

Omar Imady

"Abrázame, por favor. Estoy ansiosa de soñar en tu presencia".

En una época yo habría sacado inmediatamente a Yune, o a Alisar, o a ambos, de la cama. Pero esta vez no estaba preocupado. Todo en esa habitación era inocente; todo parecía estar en perfecto equilibrio.

El traidor

Aparte de todo estaba el ayudante personal de Yune, Rakan Madi. Los discípulos le llamarían más adelante traidor. Yune evitaría hablar de él, pero si lo presionaban, entonces diría: "Fue la persona invitada a cenar en el comedor del rey y decidió comer en el establo".

Los tres pilares

Alejandra Menéndez

Alejandra era una mujer española con poco más de veinte años que residía en Damasco por su trabajo como funcionaria principiante de programa. Formaba parte de un pequeño grupo de mujeres y hombres jóvenes elegidos por el gobierno español para recibir capacitación en el sistema de la ONU y eventualmente trabajar en diversos organismos de esa organización como funcionarios internacionales. Al igual que el resto de los discípulos, Alejandra era una de doce elegidos entre todos los seres humanos vivos para recibir a Cristo.

Aunque Alejandra estaba orgullosa de su ancestro español, no era consciente de lo interesante de su herencia. Una de sus antepasadas por el lado materno llamada Elgira pertenecía a un grupo de mujeres españolas secuestradas por las tropas de Uthman Ibn Naissa, gobernador bereber de lo que era el norte de Iberia en el siglo VIII. Horas después, la asustada Elgira, que solo tenía dieciséis años, se halló en la tienda de campamento de un soldado árabe, Jawwad Ben Umair. Cuando Jawwad vio el rostro de la chica, se quedó atónito porque no contaba con ver esa belleza. Después abrió una caja y sacó un anillo de esmeraldas. "En nombre del Único", dijo mientras le ponía el anillo en la mano temblorosa a la chica. Ella nunca había visto una roca tan verde. Jawwad le hizo el amor esa noche fría de primavera, mientras ella sostenía firmemente el anillo en la mano y sus labios se mantenían constantemente en oración. Jawwad puso el oído contra la boca de ella, como si tratara de inhalar sus palabras y su olor al mismo tiempo. Una semana después Elgira fue liberada, y a finales de ese mismo mes de mayo ya se había casado con Sancho, uno de los hombres jóvenes asturianos que le habían ayudado a escapar. Nueve meses después nació su hija, a quien llamó Gibelurdin, una seta que tiene el fondo de color verde intenso. Esta niña, que nació de un enlace solemne en nombre del Único consumado bajo las palabras "Cristo es mi redentor" era la antepasada materna de Alejandra Menéndez.

Cuatro siglos más adelante, el 16 de julio de 1212, Diego López, descendiente directo de Gibelurdin, luchó en la batalla de Las Navas de Tolosa, que en árabe se conoce como "al-'Iqab" (el castigo), una victoria española importante e hito de la reconquista. Más adelante, cuando Diego caminaba entre los casi cien mil cuerpos de los muertos y los heridos, escuchó una súplica débil, una voz pidiendo agua. A su derecha había un soldado musulmán en tierra, claramente en sus últimos momentos. El sol se estaba poniendo y Diego estaba agotado, tenía algunas heridas y estaba ansioso por marcharse del campo de batalla, pero algo dentro de él eliminó su cansancio, su deseo de descansar, sus ganas de celebrar la victoria. Era algo tan fuerte, que hizo que corriera de vuelta al campamento principal a recoger agua y volver. Con el pequeño jarro de agua en la mano, caminó con miedo de encontrar al moro ya muerto. "¿Quiénes somos? ¿Cuáles son nuestros principios si no concedemos el deseo de un moribundo de beber agua?" - Se preguntaba mientras corría. Cuando llegó, levantó la cabeza del hombre y le acercó el jarro de agua a los labios. Pero en efecto el hombre había muerto. El último contacto que tuvo con el agua fue con las lágrimas que cayeron de los ojos de Diego sobre sus mejillas. Fue en nombre de ese momento que se honró a Alejandra, descendiente de Diego en el siglo XX, como sucesora de los discípulos de Cristo.

Alejandra medía alrededor de 1.58 m y tenía el cuerpo de una adolescente. Su pelo era de color castaño y sus ojos de un interesante tono de pino verde. Llevaba faldas muy cortas, aunque siempre elegantes, que la hacían ver como una colegiala en la oficina. Tenía grandes deseos de que alguien en la oficina la dejara participar en un proyecto importante, pero su acento en inglés era muy fuerte y hablaba con tal rapidez que la mayoría de los sirios en la oficina de la UNESCO, que también hablaban inglés como segunda lengua, tenían problemas para entenderle. Yune estaba enterado de este problema de comunicación, y se aprovechó del mismo. Y cuando él la llamó por teléfono para preguntarle si podía venir a su oficina, pudo detectar cuánta atención deseaba la chica, profesional o personal.

"Siéntate. ¿Quieres algo de beber?"

"Ajem, pues no es que haya muchas opciones aquí, Yune".

"Tenemos un capuchino excelente".

"¿Capuchino? No he bebido capuchino desde que llegué a Damasco".

"Entonces es hora de hacer algo al respecto. Sígueme, Alejandra".

Dicho esto, Yune salió de su oficina sin siquiera mirar hacia atrás para asegurarse de que Alejandra lo seguía. Pero ella estaba unos pasos detrás. En pocos momentos estaban en el auto Sangyung Musso negro de Yune, que había comprado hacía aproximadamente un año, después de decidir que su Mercedes era apto solamente para un museo de anomalías tecnológicas. En la radio sonaba Bruce Springsteen cantando "You can't start a fire, worrying about your little world falling apart" (No puedes encender una hoguera si te preocupas de que tu mundillo se despedace), mientras Yune se alejaba cada vez más de la oficina de la UNESCO. Momentos después llegaron al Sheraton, uno de solamente tres hoteles de cinco estrellas en la ciudad. La arquitectura de la entrada principal estaba inspirada por los magníficos patios de Damasco e incluso tenía varias fuentes. En un rincón una mujer joven tocaba el piano. Yune caminó hacia una esquina del recinto un poco aislada y le hizo un gesto a Alejandra para que se sentara. Se acercó un camarero y pidieron dos capuchinos.

Yune observó a Alejandra. Llevaba una blusa blanca sin mangas, una falda de color vino tinto. Zapatos blancos de tacón alto con mariposas rojas cubrían sus pies. Al mirar a la izquierda, a pocos metros vio a una mujer sola, sentada y leyendo. La mujer tenía puesta una blusa roja sin mangas, una falda corta blanca, y zapatos rojos de tacón alto con mariposas blancas. Yune registró la imagen, y aparentemente al no poder comprenderla completamente, volvió a mirar a Alejandra con un nivel mayor de atención, incluso con entusiasmo.

"Nunca he estado aquí. Estás totalmente loco. ¿Por qué hemos venido aquí?"

"Pensé que querías un capuchino".

"Yune, se supone que debemos estar en el trabajo, ¿no?"

Alejandra tenía la costumbre de dejar sus labios entreabiertos después de hacer una pregunta. Al mismo tiempo tenía el esbozo de una sonrisa, gesto que duraba un segundo o dos, seguido por un toque de la punta de su lengua en el labio superior, y luego desaparecía.

Yune lo había notado, al igual que Risha, y ambos también habían pensado que era algo sensual. Esto era importante porque hasta este momento Yune carecía de inspiración sensual y daba lo mejor de sí, no solo cuando estaba motivado por un objetivo sino también cuando estaba entregado emocionalmente e inspirado sensualmente.

"Alejandra, ¿cómo podemos trabajar juntos si apenas nos conocemos? Háblame de ti".

El camarero llegó con el capuchino y Alejandra se apresuró a saborearlo, como para confirmar que en verdad estaba en ese lugar con un propósito.

"Hmmm. Está rico. Y yo sorprendida. A ver, ¿qué quieres saber de mí?"

Y de nuevo el gesto de dejar separados los labios, el toque con la punta de la lengua, y el efecto final de labios húmedos.

"Todo".

"De acuerdo. Soy de España, y eso ya lo sabes, pero lo que no sabes es que nací en Asturias, la parte más especial de España, una parte que nunca fue conquistada por los moros".

"Qué interesante".

"Somos gente orgullosa y producimos la mejor sidra del mundo".

"¿Sidra?"

"Sí. Sidra. Porque en mi tierra crecen las mejores manzanas, por esto tenemos la mejor sidra".

"Todavía no me has hablado de ti. Mejor te ayudo, ¿no?"

"¿Y cómo propones ayudarme?"

"Haciéndote preguntas concretas".

"Vale. Pregunta".

"¿Alguna vez has estado enamorada?"

"¡Yune! Eso es privado".

"Simplemente trato de conocerte mejor. Si quieres podemos

terminar de beber estos capuchinos e irnos".

A Alejandra le resultaba bastante desagradable la idea de irse. Yune bien podía estar preguntando sobre asuntos privados, pero esta era la primera conversación real que Alejandra había tenido desde que llegara a Damasco, y estaba dispuesta a hablar de cualquier cosa con tal de prolongarla. Y así pasaron dos horas antes de que Yune y Alejandra salieran del Sheraton. Yune seguía siendo un misterio para ella, pero ya le había contado historias y secretos que ni siquiera su propia hermana conocía. De todas formas, también había historias que decidió no compartir, historias sobre su relación con su madrastra. Alejandra no compartió con Yune el abuso físico de su madrastra, que continuó hasta el día en que partió hacia Damasco. No habló de la tarde en que su madrastra le dio una bofetada en presencia de sus amigos porque no le gustó la manera en que Alejandra se había vestido para celebrar su cumpleaños n.º 19. No mencionó el día en que su madrastra la golpeó con un cepillo para pelo por atreverse a pedirle que le hablara con más amabilidad a su padre. Y algo incluso más importante es que Alejandra no habló de la forma en que constantemente respondía a este abuso, "siento haberte fastidiado, te prometo que no lo haré de nuevo". Quizás Alejandra no compartía estas historias con Yune ni con nadie porque en una parte de su subconsciente entendía que estos secretos podían compartirse solamente con Dios. La suma de estas historias era su fase preparativa, y al llegar a la recepción del Sheraton ya tenía el sentido profundo de aquellas personas que reaccionan con gracia cuando las lastiman. Es la certeza de que un día sanarán.

Más tarde, esa noche, Yune la llamó por teléfono. Ella estaba en su pequeño apartamento de Abu Rummana.

"¿Estás lista?"

"¿Lista para qué?"

"¿Olvidaste que teníamos una cita esta noche?"

"¿Qué cita?"

"Bueno, Alejandra. Si no quieres ir..."

"Espera, espera. Sí quiero ir, pero ¿adónde vamos?"

En veinte minutos Yune había llegado a su apartamento, un estudio en la azotea de un edificio en Abu Rummana. Ella abrió la puerta y regresó rápidamente a su habitación para acabar de vestirse. Yune vio sus pantalones cortos blancos y sus pies desnudos. Entró y de dirigió a la terraza.

"Si quieres, cambia la música", dijo desde la habitación.

Rosana cantaba su tema "Descubriéndote". Pronto escuchar esta canción varias veces en la noche se convertiría en la forma en que Alejandra prefería recordar los momentos pasados con Yune.

"¿Entiendes lo que dice la canción, o es tu español tan malo como mi árabe?"

Yune giró la cabeza al escucharla. Alejandra llevaba un vestido negro corto, sandalias negras y varios accesorios de plata, incluido un anillo en el dedo gordo del pie.

"La canción dice que lo ha estado buscando durante mucho tiempo, en su alma y en su piel".

Fueron a un bar con música de piano en vivo, que quedaba en la ruta hacia la capilla de Ananías (donde se curó a Pablo de su ceguera hace casi dos mil años). Alejandra estaba de un humor juguetón, y Yune tenía algo que le atraía, pero no estaba segura de lo que era exactamente. Pero Yune, el niño que Risha había educado, respondió a la alegría de Alejandra con una seducción evasiva y sofisticada que lo único que logró fue aumentar la atracción. Cuando ella le preguntó si quería regresar a su apartamento, él le habló de una fiesta para la gente de la oficina. Cuando ella le preguntó cuál era su fantasía preferida, él le habló de la alegoría de Platón sobre la cueva, y cuando ella le tocó un pie con el suyo, él se agachó y le quitó el anillo del dedo del pie. "¿Dónde conseguiste esto? ¿Puedo probármelo?"

Al momento de partir del bar parecía que a Alejandra se le había agotado la energía. Puso un brazo alrededor de la cintura de Yune y posó la cabeza en su hombro. Yune la llevó hacia la capilla de Ananías. Aunque cerraba aproximadamente a las 6 de la tarde y ya era casi la medianoche, la puerta seguía abierta cuando Yune y Alejandra llegaron. Yo me pregunté quién era responsable por esto. ¿Tal vez Asa? Pero a Yune le parecía lo más natural. Bajaron las escaleras en la oscuridad hasta llegar a la capilla subterránea, que una vez fue el sótano de la casa de Ananías. Había unas cuantas velas encendidas, que producían suficiente luz como para iluminar algunos de los iconos en la pared. Alejandra se echó la bendición. Después, impresionada, dijo estas palabras:

"Cristo es mi redentor".

Luego miró a Yune.

"En tan solo un día, me has abierto el alma como nunca antes nadie la ha abierto. Y ahora me traes aquí. Ahora mi alma está tan abierta a ti como lo estaba mi cuerpo en el bar".

Yune la miraba en silencio.

"¿Qué quieres de mí, Yune?"

"Que esperes conmigo".

"¿Esperar? ¿Esperar qué?"

Él le susurró al oído:

"Que esperes conmigo a Cristo, el hijo de María siempre virgen, a quien el único Dios enviará. Que estés conmigo cuando él descienda en toda su gloria por la torre blanca al este de Damasco".

Alejandra se quedó mirándolo fijamente. Totalmente sorprendida. Le puso la mano en el hombro como para no caerse. No estaba segura de si Yune esperaba que ella le respondiera. Poco después reunió toda la energía que pudo y caminó rápidamente hacia el auto sin decir una palabra.

Y el silencio continuó mientras Yune conducía de regreso a su apartamento. Alejandra parecía estar completamente deslumbrada. Cuando llegaron, ella salió del auto y caminó hacia el edificio sin despedirse de Yune. Pero de repente dio la vuelta y regresó al auto. Yune abrió la ventana.

"¿Recuerdas lo que te conté sobre Asturias?"

"¿Que es una de las regiones que nunca había sido conquistada?"

"Exacto. Esta noche, Yune, hace menos de una hora, los moros finalmente han entrado a Asturias".

Yune sonrió. "Quizás así sea, Alejandra, pero lo hicieron en nombre de Cristo".

El Evangelio de Damasco

Hans Siebold

El Dr. Hans Siebold era especialista en conocimientos culturales. Sabía tanto sobre la historia de la cultura damascena, que a menudo dejaba a Yune en una especie de encantamiento intelectual. Una vez caminaban a través de un mercado de verduras de Rukn al-Din, y Hans le preguntó:

"Dr. Yune, ¿usted sabe por qué los higos se llaman higos *Baali*?"

"Porque crecen con la lluvia".

"Sí, ¿pero por qué *Baali*?"

"No sé. Yo di por sentado que esa es la palabra para las cosechas que crecen con la lluvia".

"Baal es el dios de la lluvia, del trueno y del relámpago. De hecho, conocemos la historia de cómo se convirtió en dios de la lluvia por las tabletas encontradas en Ras Shamrah, al norte de Siria, que datan del año 1500 A.C. aproximadamente. Entonces, como puede usted darse cuenta, lo cierto es que más de 3.500 años después, tras siglos de judaísmo, cristianismo e islam, los higos que crecen con la lluvia siguen llamándose en Damasco higos de Baal. ¿Qué le dice esto sobre Damasco?"

Hans nació en Rhineland, en el pueblo de Urmitz. Su padre, Johannes, era un *Stabsoberfeldwebel*, o sea un técnico con rango de sargento en la armada alemana. Tenía antecedentes de ingeniería y lo enviaron a supervisar la construcción de fuertes alemanes en el puerto noruego de Bergen. Durante unas cortas vacaciones en 1940, Johannes se casó y su primer hijo, Hans, nació nueve meses después. Tras terminar los fuertes, le pidieron a Johannes que supervisara la construcción de otro proyecto, el campo de concentración de Espeland en Arna, no muy lejos de Bergen. Los trabajadores, muchos de ellos judíos, venían del campo de concentración de Ulven. Fue entonces que Johannes comenzó a tener unos sueños peculiares. El tema de los sueños se repetía: siempre estaba construyendo algo, algún tipo de edificio que al principio parecía glorioso pero cada vez, hacia el final del sueño, se incendiaba y se quemaba completamente. Una mañana, cuando todavía se recuperaba de otra variante de este sueño, Johannes vio a un soldado golpear a un obrero hasta matarlo. Repentina e inesperadamente las dos imágenes se fusionaron en su mente, el incendio del sueño con la violenta paliza que recibió el obrero, y a partir de ello nació algo en Johannes que hizo que se obsesionara con redimirse por haber ayudado a construir esta "casa del mal" como la vio desde entonces. Entre 1943 y 1945, cuando se liberó el campo de Espeland, Hans no sólo había ayudado a diez judíos a escapar a Suecia, sino que también, y esto es incluso más importante, había compartido constantemente sus raciones de alimentos con los presos del campo. Se preguntaba "¿con cuántas barras de pan se puede compensar el haber construido este lugar?" Muchos de los doscientos presos que quienes liberaron el campo encontraron con vida deben su supervivencia a Johannes Siebold, pero él desapareció antes de que cualquiera de ellos pudiera agradecerle. Se quitó el uniforme y regresó a su familia en Urmitz.

Hans recuerda cuando era niño y su madre lo llevó a visitar la Catedral de Colonia. Le habían dicho que tenía aspecto de jaula dorada llena de las reliquias de tres reyes persas. Estos tres reyes viajaron una vez en búsqueda de una estrella que los llevó hasta Belén, donde conocieron al Cristo niño.

Años después Hans viajó a Colonia con su vecina Helga para asistir a la inauguración del teatro de la ópera. Fue un acontecimiento magnífico y la obra Bodas de Sangre de Wolfgang Fortner fue espectacular. De todas maneras, Hans recuerda claramente haber dejado a Helga sola durante la pausa para cruzar la calle hacia la catedral. Estaba cerrada, pero lo único que quería Hans era quedarse parado en silencio cerca de la puerta de la catedral y cerrar los ojos.

Antes de dedicarse a la sociología, Hans quería ser sacerdote. Quizás era por su madre, o quizás era por esas tardes que pasó en la iglesia de San Jorge rezando el rosario, pero sea cual fuere la razón, no fue suficiente para ayudarlo a través de la experiencia. Y en vez de continuar sus estudios de teología en Trier, sacó sus ahorros y decidió explorar el norte de África. Una vez, mientras caminaba por un mercado de Marrakesh, notó una pequeña mezquita. Había visitado las grandes mezquitas de Marrakesh, y desde luego esta era diferente. La oración de la tarde, llamada *asr*, ya había pasado y la mezquita estaba cerrada. Hans encontró por instinto una puerta trasera y entró. La mezquita tenía forma de un pequeño cuadrado con una cúpula. Alrededor de la base de la cúpula había mosaicos de color azul. "Esto es de verdad diferente", se dijo Hans en un susurro. Se sentó con la espalda recostada en la pared y en pocos momentos ya estaba profundamente dormido. Media hora después despertó y salió del lugar. El Hans que eventualmente conocí y que creía en Yune nació durante esos treinta minutos.

En sus tantas visitas a Damasco, Hans seguía haciendo el papel de maestro en su relación con Yune. Al menos ese fue el caso hasta junio de 1999, cuando llegó a Damasco para un trabajo de asesoría de tres días. Yune estaba en medio de su búsqueda de un pequeño terreno en la zona de Ghuta, las arboledas de avellanas y albaricoque que crecían alrededor de Damasco, desde Darya en el extremo occidental hasta Irbin en el extremo oriental. El interés de Yune en la Ghuta despertó después de haber leído un libro que decía que esta zona era de hecho llamada el desierto de Damasco y que tenía importancia especial al final de los tiempos. Después de salir de la oficina, condujo con Hans hasta el terreno que más le interesaba comprar, cerca de un pequeño pueblo llamado Dier al-Asafir (el Monasterio de las Aves), unos 22 kilómetros al nororiente de Damasco. Al terreno se entraba por un antiguo portal de madera, y en el interior, en medio de los árboles de avellana, había un pozo y una cabina con palas y bolsas viejas. Se sentaron en la hierba cerca de un gran árbol de avellanas. Ahora era Yune quien repentinamente hablaba con autoridad.

"¿Quién es Kirsten?"

"Ah. Seguramente me oyó usted hablar por teléfono. Kirsten es mi novia".

"Pensé que usted estaba casado".

"Eva y yo estamos separados".

Hans sonrió como si intentara asegurarse de que Yune realmente quería escuchar la historia que tenía tantas ganas de compartir con él. Yune esbozó una sonrisa que confirmaba lo muy interesado que estaba en escuchar cualquier tema que Hans estuviera dispuesto a compartir.

"Verá usted, Dr. Yune..."

"Dejemos de lado los títulos", dijo Yune mientras le tocaba el hombro a Hans. ¿Se dio cuenta Yune de cuánta energía irradiaba de su mano al cuerpo de Hans?

"Realmente es algo bastante complicado. No me refiero solamente a mi relato, sino a todo lo que está sucediendo en Alemania y el resto de Occidente".

"¿Qué es complicado?"

"Las relaciones, y todo lo que tiene que ver con la intimidad. Me separé de Eva porque tuvo amoríos con Josef, el profesor de piano de mi hijo, pero lo que ella no sabe es que yo estaba involucrado con Kirsten mucho antes de que Josef se convirtiera en profesor de mi hijo. Kirsten es divorciada y tiene dos hijos. Cuando la conocí ya estaba divorciada. Ahora todavía vive con su novio y sus dos hijos. Ella está engañando a su novio conmigo".

Hans hablaba como si quisiera deshacerse lo antes posible de un gran y oscuro peso que llevaba largo tiempo oprimiendo su corazón.

"Es como si la institución del matrimonio en el mundo occidental estuviese bajo una maldición tan potente, que nadie, Yune, nadie en absoluto está protegido contra ella".

Hans cambió de posición mientras seguía sentado e inclinó la cabeza hacia Yune.

"Estoy muy cansado de todos estos engaños, pero la maldición nos sigue a todos por todas partes. Ni siquiera puedo recordar una relación que haya comenzado en la pureza y haya permanecido pura. Y yo lo que quiero es empezar de nuevo. En Colonia hay una hermosa catedral a la que me llevaba mi madre cuando era pequeño. Me encantaba ir allí porque me fascinaba la capilla de los Reyes Magos. Seguro ha oído hablar de los Reyes Magos, ¿no? Eran persas. ¡Me encanta esa historia! Con frecuencia me quedo dormido pensando que soy uno de ellos. Me veo siguiendo a la estrella de Belén hasta que llego a Cristo".

Yune sonrió con gusto y Hans continuó:

"Yo entré a esa catedral un día. Todavía no sé por qué. Es algo que había evitado intencionalmente por más de veinte años. Mi madre siempre me había dicho que yo volvería, pero yo simplemente me reía y no le hacía caso. Me senté en una de las bancas y unos minutos después entró una mujer y se sentó a mi lado. No había nadie más en la catedral, y así y todo, la mujer se sentó a mi derecha. Me di la vuelta para mirarla y comenzamos a hablar. Su nombre es Heidi y muy pronto me percaté de que ella era claramente todo lo que había querido en una mujer y esposa. Pero Yune, estaba tan asustado".

"¿De qué?" preguntó Yune.

"De la maldición. Cada vez que intento empezar de nuevo, la maldición recae de nuevo sobre mí. En cualquier momento Kirsten va a descubrir que estoy enamorado de Heidi. En cualquier momento me pedirá que salga de su vida, como yo mismo le pedí a Eva que saliera de mi vida. Yune, es que alguien tiene que ponerle fin a esto. Lo único que quiero es empezar de nuevo, amar a Heidi y ser amado por ella, y tener la bendición de este amor hasta el día de mi muerte".

Yune le habló con autoridad y una intensa profundidad emocional.

"Hans, voy a levantar esa maldición sobre Heidi y sobre usted si me promete formar parte de "los doce".

"¿Cuáles doce?"

"Los doce individuos que se reunirán cuando Cristo regrese para retirar de la tierra entera la maldición de la lujuria y el odio".

Hans parecía consternado, y a pesar de todo su entrenamiento intelectual, que le había enseñado a dudar de todo lo que no podía demostrarse objetivamente, tampoco podía disputar la autoridad con la que hablaba Yune.

"Quisiera que estuviera aquí en Damasco el 24 de diciembre de este año".

"¿Nochebuena?"

"Exactamente. Venga con Heidi si lo desea".

"¿Y la maldición?"

"La maldición ya se ha levantado. Cuando regrese a Colonia, encontrará que todo ha sido dispuesto para un vínculo eterno y fiel con Heidi".

Hans, que ahora se daba cuenta finalmente de que estaba en contacto con un tipo de autoridad que ni siquiera sabía que existía, se apresuró a hacer otra petición:

"¿Y Alyson?"

"¿Alyson?" respondió Yune.

"Es mi hija. Quisiera que la protegieran contra la maldición también".

Yune cerró los ojos.

"Está protegida".

Hans tomó la mano de Yune en forma de agradecimiento y confirmación del convenio en el que acababa de entrar. Yune a su vez le apretó la mano firmemente.

"Entonces, ¿hasta la Nochebuena?"

"Así será. Hasta la Nochebuena" respondió Hans.

Majduleen Haddad

Majduleen, a quien todos llamaban Leen, era una mujer casada de treinta y pocos años que había trabajado antes como profesora de inglés. En la UNESCO, Leen era una típica representante de aquellos que viven entre los objetos oscuros de este mundo. Trabajaba mucho, hablaba poco y no esperaba nada. Todo su sueldo iba al mantenimiento de su familia, dejando para sí misma solamente lo suficiente para comprar cigarrillos Pal Mall y para ayudar de vez en cuando a una mujer mayor llamada Afifa que vagaba por las calles cerca de su casa.

A Yune le gustaba pasar tiempo en la oficina de Leen. Era un lugar en donde sentía que podía ocultarse de los distintos visitantes que recibía a diario. Rakan, su secretaria, por supuesto sabía dónde estaba, pero entendía que su presencia en la oficina de Leen significaba que no estaba de ánimo para ver a nadie. Hasta este punto Yune no había hablado mucho con Leen. Se sentaba en su oficina y leía un periódico o sencillamente bebía una taza de té, pero este día Yune entró en la oficina de Leen no para escaparse sino para entrar en otro acuerdo.

"Leen, ¿cuándo fue la última vez que durmió toda la noche?"

Leen, que estaba escribiendo en la computadora cuando Yune entró en su oficina, levantó la cabeza y lo miró fijamente con ojos incrédulos.

"¿Qué?"

"Le he preguntado cuándo fue la última vez que usted durmió la noche entera, pero ya conozco la respuesta".

"¿Qué es lo que sabe?"

"Que acostada en su cama usted permanece despierta mirando al techo, y que así se queda hasta la llamada para la oración del amanecer".

"¿Y quién le dijo esto?"

"También sé que usted pasa todo ese tiempo intentando encontrar la respuesta a una pregunta".

"¿Cuál pregunta?"

"Le diré cuál es la pregunta, pero ¿usted va a confiar en mi respuesta?"

Leen se quedó mirando fijamente a Yune, completamente convencida de que lo que estaba ocurriendo no podía ser real. Tomó su paquete de cigarrillos, como buscando cierta forma de protección o quizás de inspiración.

"No sé, porque no estoy segura de saber de qué está hablando, Yune. Pero sí. Si usted comparte conmigo la pregunta, confiaré en que debe conocer la respuesta".

"¿Esto es todo para lo que fui creada? Usted pasa toda la noche preguntándose si esto es todo para lo que fue creada".

Tras decir esto, Yune tomó la mano de Leen, y ella no se resistió. La mano de Yune sobre la suya, y el paquete de cigarrillos debajo.

"¿Y cuál es la respuesta?"

"La respuesta es no".

"¿No?"

"No. No la crearon solamente para esto, Leen".

❖

Majduleen Haddad nació en la ciudad norteña Dier al-Zur de Siria. Aboud Haddad, su bisabuelo, nació en 1895. En 1919, con el colapso del imperio otomano, centenares de armenios escaparon la violencia de Anatolia y se dirigieron hacia lo que para ellos era el sur, Dier al-Zur. Aboud tenía un terreno en un pueblo llamado Kisrah en cercanías de Dier al-Zur. Sus padres y sus hermanos y hermanas menores se reunían allí cada viernes, pero Aboud llagaba el jueves por la tarde para disfrutar del lugar antes de que se llenara de ruido. Fue en uno de esos jueves, en marzo de 1919, que Aboud oyó una voz, algo parecido al sonido que hace un niño que tras haber llorado durante horas pasa a emitir gemidos profundos. Caminó hacia la higuera, el árbol más antiguo del terreno. Su mirada se detuvo en la imagen de un color rojo dorado que no encajaba en la gama de colores que Aboud relacionaba con su propiedad. Había una adolescente recostada en el árbol. Llevaba un vestido largo negro y su pelo de color rojo dorado peinado en largas trenzas, aunque era evidente que las trenzas llevaban varios días en su cabeza. Aboud levantó a la chica y la llevó a la casa en Dier al-Zur, ella estaba demasiado frágil y débil como para decir que estaba completamente consciente.

Ése era el principio de la historia. Más adelante se dio cuenta de que se llamaba Alexi y que había sido testigo del asesinato de toda su familia. No sabe por qué la dejaron viva. Había caminado sin rumbo por más de tres días hasta que Aboud la encontrara en Kisrah, cerca de la antigua higuera. Aboud tenía problemas para pronunciar "Alexi", así que por su tez de metálica palidez la apodó Fida, la palabra árabe para la plata. En menos de seis meses, Aboud y Fida se habían casado. Su hijo Omar era el abuelo de Majduleen. Fida siguió siendo cristiana hasta su muerte y Aboud la llevó a Alepo por lo menos una vez al mes para que ella pudiera asistir a la misa de domingo en la Catedral armenia de los Cuarenta Mártires. Más adelante se construyó una iglesia en Dier al-Zur para conmemorar a los armenios que murieron a principios del siglo XX, pero esto ocurrió después de la muerte de Fida.

Desde esa primera charla seria con Yune, Leen se esmeró en atenderlo en su oficina. Ella trató de que el recinto le resultara lo más agradable posible. Conectó a su computadora un pequeño sistema de altavoces para que Yune pudiera escuchar sus canciones preferidas mientras leía el periódico. Puso un tazón de cristal en la mesa de centro, que también tenía superficie de cristal, y se aseguró de que siempre estuviera lleno de mandarinas. Incluso compró una cafetera eléctrica para que siempre hubiese una taza de café caliente esperándole. Por su parte, Yune se despreocupó por completo de la forma en que interpretaban y mencionaban sus colegas las horas que pasaba en la oficina de una mujer casada. A menudo se valía de su asistente, Rakan, para que cubriera por él, especialmente después de que sintiera que Rakan se había incorporado al grupo de los doce.

¿Qué hacía allí Yune? Entraba y buscaba algo para leer. Se servía una taza de café. Quizás comía una mandarina. Luego escucharía a Leen. Para un observador analítico, estaba claro que Leen había adoptado a Yune como su terapeuta personal, y que esto partía de la sólida confianza espiritual que Yune había logrado ganarse. Él dejaba que ella hablara hasta que sintiera que era hora de decirle algo, algo que a la vez le sirviera de consuelo y reforzara su identidad como miembro del grupo de los doce. Mi recuerdo preferido de sus encuentros fue el día en que Yune logró enseñarle *zikr* y los giros de los sufi en cuestión de una hora.

Aunque el pelo de Leen todavía evocaba el de su bisabuela, era de un tono más profundo y oscuro. Su rostro todavía llevaba unas cuantas de las pecas claras de Fida. En este día especial, ella llevaba un vestido largo y blanco de algodón.

"Con frecuencia pienso en lo que me dijo".

Yune seguía absorto en su periódico. Leen encendió un cigarrillo.

"Ya sabe que no duermo. Nunca he compartido eso con nadie. Mi marido dice que no dormir es de hecho algo sano; que debería levantarme y orar cuando no pueda dormir. También dice que eso es justamente lo que él haría, pero nunca me pregunta por qué no puedo dormir". Leen giró su cabeza hacia la ventana de la izquierda y sopló humo de cigarrillo.

"Primero es el sonido. Todo tiene un sonido. Me levanto y busco las fuentes de los sonidos. Comienzo con las cosas obvias, como el reloj en la pared, el goteo del grifo, o el ruido del refrigerador. A veces puedo oír el recorrido de la electricidad por las paredes".

Yune dejó de leer el periódico.

"Entonces lo que hago es apagar el cortacircuitos. Lo que sigue son algunos segundos de hermoso silencio, pero al regresar a la cama descubro el sonido que me atormenta desde el principio. Es el sonido de él junto a mí. ¿Qué hace uno cuando descubre un sonido que le recuerda todas las veces que la obligaron a guardar silencio? Cada vez que él exhala, recuerdo todas las veces que sentí que no podía respirar.

Y es entonces que me levanto por segunda vez, a buscar el aire. Recorro la casa abriendo ventanas, sin importar qué clima haya afuera. No hay oxígeno dentro de la casa. Y de nuevo me acuesto.

Y ahora puedo respirar, pero entonces las ventanas abiertas dejan entrar el ruido de los coches y los camiones. A veces incluso puedo oír aviones.

Se me acercan buenos amigos y familiares, pero no sé qué ven. ¿Se fijan en él o en mí? Dicen que debo ser paciente, aunque nunca hablo de ser impaciente. Pero también me pregunto si podrían pasarse la vida sin poder dormir. Otros dicen que es mi culpa porque nunca reacciono, que no he creado límites. Supongo que podría crear límites. Pero, ¿qué límites? La gente impone límites a las empresas. Los supervisores imponen límites a los empleados. Pero, ¿se supone realmente que uno imponga límites a la persona con la que duerme? O más bien, ¿con la persona *con la que uno no puede* dormir?"

Todo este tiempo, Yune mantuvo la mirada hacia el suelo. Finalmente la miró a los ojos.

"Conozco una manera de acallar todo el ruido".

Leen se levantó y caminó hacia la ventana. Se paró delante de él y se concentró de lleno en lo que Yune estaba diciendo.

"Es el llamado tiempo de la cueva".

"¿Tiempo de la cueva?"

"Sí. Cuando esté en la cama, cierre los ojos, respire profundamente y repita, pero no con la boca, sino con el corazón..."

"¿Que repita?"

"Sí. Repita *Dios está conmigo. Me cuida. Es mi testigo*".

Leen repitió las palabras del modo en que Yune las pronunció, como un ensayo para la gran función de esta noche.

"Entonces empezará a ver el nombre de Dios grabado en luz blanca dentro de su corazón. Y luego llegará el momento en que entre en el tiempo de la cueva".

"¿Y qué es el tiempo de la cueva?"

"Es cuando pierde su sentido del sonido, del tiempo y del lugar".

"¿Y luego qué sucede?"

"Eso es algo que debe vivir".

"¿Qué le pasa a uno en el tiempo de la cueva?"

"Veo a Cristo llegar repentinamente. A veces llega de noche. A veces llega al mediodía. A veces hay demasiada gente. A veces, estoy completamente solo".

A continuación, Leen movió el ratón para presionar el botón de reproducir música.

"Hay una canción que debe escuchar. No sé por qué, pero siempre me recuerda las cosas que usted dice". Era una canción de Los Beatles.

Las palabras vuelan como

lluvia sin fin dentro de un vaso de papel

Se arrastran al pasar

Se deslizan a través del universo

Piscinas de penas, olas de alegría

se acercan a mi mente abierta

Poseyéndome y acariciándome

Yune se levantó, movió la mesa hacia la pared y empezó a girar lentamente como un sufi de la manera en que Nouri lo hizo una vez en su presencia.

Jai guru deva om

Nada va a cambiar mi mundo

Miró a Leen, quien estaba de pie, observándolo con asombro.

"No tema".

Leen no tuvo miedo.

Nada va a cambiar mi mundo

Nada va a cambiar mi mundo

Nada va a cambiar mi mundo

Y mientras ambos giraban en la pequeña oficina de Leen, Rakan entró sorpresivamente. Su rostro ruborizado. Yune se fastidió, pero no dijo nada.

Once

Yune no pudo identificar al discípulo once hasta que un día llegó un hombre a su oficina. Sus ojos eran de un verde impactante que combinaba perfectamente con el color de su chaqueta.

"Siéntese, por favor. ¿En qué puedo ayudarle?"

"No voy a quedarme mucho tiempo. Solo vine a decirle que deje de buscar. Yo soy el número once".

"¿El número once?"

"Sí. Soy el número once. Me ha elegido aquel a quien usted está esperando, y estaré con usted cuando él llegue".

Dichas estas palabras, el hombre se fue y dejó a Yune con los ojos llenos de lágrimas.

El Evangelio de Damasco

Omar Imady

VII. La señal de Jonás

1

"¿Qué quieres decir con que no resplandece?"

"Pues eso, Risha, que no está resplandeciendo".

"Pero Raqeem, es el séptimo cilindro. Es el último, y ya se han identificado todos los discípulos. Están listos para estar presentes cuando "Damasco renazca". Entonces, ahora necesitamos saber cuándo se supone que esto ocurrirá exactamente".

"Pues bien, Yune parece creer que va a ser el 24 de diciembre de 1999. Ha estado pasando esta información a los discípulos e incluso comenzó a planear el evento".

"¿Qué evento?"

"El de la noche en la que él cree que Cristo volverá. Ha planeado una compleja celebración multireligiosa durante la cual está convencido de que llegará un invitado inesperado".

"¿Pero porqué 1999?"

"Quizás porque él piensa que es el último año del milenio".

"Bien sabes que se ha adelantado un año. El último año del milenio es el 2000".

"Puede que esté siguiendo un calendario interno".

"¿Todo esto sin recibir instrucciones?"

"Nada resplandece, Risha".

La Gran Mezquita, viernes 24 de diciembre de 1999

Durante todos los años que Yune pasó en la UNESCO, hubo dos

períodos durante los cuales se sintió bendecido por ser empleado de esta organización. El primero por supuesto fue cuando comenzó a buscar discípulos, y el segundo fue cuando se dio cuenta de que la UNESCO era la institución ideal a través de la cual podía planear y ejecutar una celebración multireligiosa en la Gran Mezquita de Damasco. En la UNESCO lo primordial era la cultura, y ¿qué podía superar las dimensiones culturales de semejante evento? La lista de invitados celebres era larga e impresionante. Incluía al ministro de cultura, que patrocinaba el evento, embajadores extranjeros y los jefes de todas las organizaciones internacionales con sede en Damasco. En el patio de la Gran Mezquita se armó un escenario de madera y el alminar de Cristo estaba preparado para llenarse de luz exactamente a la medianoche. Yune había logrado que todo esto fuera aprobado, pero quería mucho más. El elemento principal en su lista de peticiones era eliminar el feo cuarto de equipos eléctricos aledaño a la pared externa del lado sur, donde quedaba un dintel marcando la entrada central, ahora sellada, de la que fuera alguna vez la Catedral de Juan. También le gustaría que se restaurara completamente la inscripción en griego del dintel: "Tu reino, oh Cristo, es un reino eterno, y tu dominio perdurará para todas las generaciones". Para Yune, que esta inscripción hubiese sobrevivido era más importante incluso que los famosos higos de Baal del relato de Hans. En la mente y el corazón de Yune, éste era de hecho el lugar de la llegada de Cristo y que todos los fanáticos de los últimos catorce siglos no hubieran podido identificarlo ni destruirlo lo confirmaba. Pero el cuarto de los equipos eléctricos seguía ahí, y el funcionario del ministerio de la cultura con quien Yune estaba negociando los detalles del evento le advirtió que insistir en algo tan "absurdo" podía poner en riesgo el proyecto entero.

Yune mantuvo en secreto una de sus peticiones. El alminar de Cristo tenía una puerta en la base que se conectaba a través de un pasaje con el patio de la mezquita. Casi siempre estaba cerrada bajo llave, especialmente desde que la electricidad, las grabadoras y los micrófonos hacían innecesaria la labor de los *muazzins*, los individuos a cargo de llamar a la oración, de subir a la cima de los alminares de la mezquita cinco veces al día. Yune quería que esta puerta se dejara abierta, no porque pensara que una simple cerradura pudiera representar un obstáculo para que Cristo pasara por ella, sino porque sentía que mantenerla abierta demostraba más respeto. Una señal, por así decirlo, que confirmaba cuán bienvenido era Cristo. Y así Yune se lo pidió a Nabeel. Y Nabeel, sin que nadie lo notara, se aseguró de que estuviera abierta.

Yune podía imaginar todo el evento. Vio cómo Cristo llegaba primero a la terraza del alminar de Cristo llevado por ángeles, como lo anunció el profeta del islam. En la mayoría de sus visiones esto sucedía tarde en la noche. De su pelo caerían gotitas de agua como hermosas perlas, confirmando que él era en verdad el ungido. Luego bajaría las escaleras y entraría en la mezquita. Una vez adentro, él se acercaría a la capilla de Juan. Yune podía verlo parado junto a la capilla con los ojos cerrados. Más adelante, después de la oración del amanecer, saldría de la mezquita con sus seguidores. Su visión del evento tenía solamente un problema: Cristo saldría a través de la puerta que llevaba grabada la inscripción en griego. Como una salida de realeza. Pero por supuesto esta puerta había sido bloqueada desde que se había convertido en parte del muro del lado sur de la mezquita. Y tan solo mencionar el deseo de abrirla haría que Yune pareciera loco ante la mayoría de los habitantes de Damasco.

Se invitaría a los representantes de cada denominación cristiana a que leyeran sus escritos religiosos que documentaban el nacimiento de Jesús en cinco idiomas litúrgicos. El nacimiento de Cristo sería recitado del Nuevo Testamento en árabe, griego, latino, armenio y sirio. Además, el nacimiento de Cristo debía también ser leído por dos musulmanes que habitualmente recitan el Corán, uno los versos de La Casa de Amram y el otro los versos de María. En total habría siete lectores en el escenario, cinco cristianos y dos musulmanes. Frente al escenario, al igual que a la derecha y a la izquierda, habría niños vestidos de blanco con rosas blancas en las manos. Se colocaría un centenar de sillas en la parte occidental del patio para que la mayoría de los invitados pudiera ver la parte superior del alminar de Cristo. Por alguna razón Yune decidió que solamente se serviría una bebida burbujeante de jengibre, algo posiblemente inspirado por una referencia en el Corán a una bebida de jengibre del paraíso.

Los doce discípulos, entre ellos desde luego Yune, asistirían al evento desempeñando distintas funciones, pero del grupo de ocho ángeles, solamente Risha y yo estaríamos allí, disfrazados como miembros del cuerpo diplomático. Nuestros seis compañeros tenían razón. Nada de esto se había inspirado en algo que viniera de Wahi y no había ni cilindro resplandeciente ni mensaje que indicara claramente lo que debía hacerse. Por eso se quedarían en sus cuevas. Y no fueron los únicos que boicotearon el evento. De toda la familia de Yune, solamente su padre había aceptado asistir. Amanda sentía que todo esto no era más que una distracción creativa que Yune se había inventado para ignorar sus responsabilidades como miembro de una familia, y Maryam sencillamente no se identificaba con las implicaciones espirituales del evento.

Llegado el día, Yune tenía puesto un traje blanco muy elegante. Esa noche, en todo sentido, Yune lucía espectacular. Bueno, al menos eso era lo que Risha decía al hablar de su niño. Yune subió al escenario y cuando ajustaba el micrófono repentinamente se detuvo por un momento. Yo me pregunté si estaba recordando el sueño que tuvo una vez en el que se veía parado en un escenario como este, en el patio de la Gran Mezquita. En ese sueño despertó justo antes de empezar a hablar. Pero esto no era un sueño. Después de darle la bienvenida a todos los asistentes y de reconocer la colaboración de la UNESCO y del Ministerio de la Cultura para que fuera exitoso, Yune sorprendió a todos al recitar un fragmento de un poema que él mismo había escrito poco después de que muriera Nouri.

Y así has decidido esperar.

Como para demostrar que aún no es demasiado tarde

para hacerte a un lado.

Deja que lleven la cruz.

Que claven las sonrisas de la inocencia.

Que perforen el vaho de la pureza.

Y repartan las prendas de la luz.

Pero no tú.

Tú, cierra los ojos y sueña con el día en que

reaparecerá la estrella del oriente.

Sin nunca haber experimentado la muerte.

Para devolver a la tierra su primavera olvidada.

Para devolvernos el anillo de bodas.

Y así has decidido esperar.

Yune volvió a su silla en la primera fila y las hermosas lecturas comenzaron, con el tiempo medido para que terminaran unos instantes antes de la medianoche. Risha se veía hermosísima esta noche. Llevaba una tiara con una hilera de flores verdes incrustadas, un vestido de terciopelo color verde pino y un collar de perlas. Cuando empezó la lectura final, la de *María*, parecía estar en un trance total.

Y la mención en este libro del relato de María cuando se alejó de su gente para dirigirse a un lugar del oriente... Le enviamos a ella Nuestro Espíritu, que apareció ante ella en forma de un hombre perfecto.

Y ella dijo: Busco refugio en Dios, el Más Compasivo, a través de usted. ... A lo que él respondió: Soy tan solo un mensajero enviado por su Señor, para darle un hijo puro.

Y entonces ella dijo: ¿Cómo tener un hijo cuando ningún hombre me ha tocado, cuando he mantenido mi castidad?

La lectura del relato de María terminó con las siguientes palabras, en labios del Cristo niño:

Y que la paz esté conmigo, el día en que nací, y el día en que muera, y el día de mi resurrección.

Con estas palabras terminaron las lecturas. Miré a Risha y le susurré: "Tengo una sensación de tensión". Ella parecía sorprendida y no contestó. Cuando llegó la medianoche unos minutos más tarde, y el alminar resplandecía intensamente bajo el cielo nocturno, todo el mundo explotó en aplausos, todos excepto Yune y once más cuyos ojos estaban fijos en el alminar, esperando que algo ocurriera que se pareciera, al menos remotamente, a la imagen de la segunda venida de Cristo. Pero eran solamente los camareros con las bandejas llenas de bebidas burbujeantes de jengibre. Y mientras se servían las bebidas, Risha y yo vimos a Yune abandonar el lugar rápidamente. Alisar también lo notó y se apresuró a seguirlo. Él estaba saliendo de la mezquita por la puerta occidental.

Giró a la izquierda, después a la derecha hacia la calle recta. Corrió durante quince minutos hasta llegar al arco romano, junto a al-Maryamiyah, la iglesia de Santa María. Allí había un arco romano con un pequeño alminar blanco al lado. En sus giras por el casco antiguo de Damasco Yune había notado este alminar, y pensó que quizás este podría ser el verdadero alminar de Cristo. Cuando llegó estaba sin aliento. A pocos metros detrás de él venía Alisar, con los zapatos en la mano. Yune miró hacia arriba y luego alrededor, como tratando de asegurarse de no perderse ningún detalle. ¿Quizás Cristo ya había llegado? ¿O era que estaba parado cerca de la acera? ¿Quizás estaba decepcionado de que nadie estuviera en el lugar de su llegada para saludarlo? Entonces Yune empezó a correr otra vez, recorriendo 700 metros hacia Bab Sharqi, la puerta oriental. Este era el último lugar posible, pues sobre esa puerta había otro pequeño alminar blanco. Yune escrudiñó el sitio. Y de nuevo no había nadie más allí que él mismo. Alisar lo llamó. "¡Yune, para, para por favor!" Corrió hacia él, lo tomó de la mano y se lo llevó.

2

Los acontecimientos ocurridos inmediatamente después esa noche son cosas que no me gusta recordar. Es la historia de cómo el hombre que mis compañeros y yo ayudamos a educar y a prepararse, se despedazó como un florero de cristal que cae al suelo. Yune había ido al alminar de Cristo, como alguna vez había viajado a Narvik, y no había hallado a nadie más que a sí mismo, y ninguna voz se escuchaba excepto la suya propia.

Desde luego para aquellos que habían considerado el evento como una celebración multireligiosa, fue todo un éxito. Pero para los que le habían creído a Yune, fue el momento más decepcionante de sus vidas. Y los días siguientes trajeron más dolor y decepción. Rakan, el asistente de Yune, fue quien proporcionó buena parte del material utilizado para difamarlo. En palabras del hombre, Yune se había convertido en un mujeriego que bailaba en su oficina con mujeres casadas y pasaba horas compartiendo sus opiniones blasfemas con extranjeros. Yune, demasiado sensible como para afrontar estas calumnias, renunció a la UNESCO sin que fuera causa de sorpresa. Aparte lo habían acusado de atribuirle a Nouri palabras que no había dicho. Rakan tenía una copia del Evangelio de Damasco que Yune había compartido con todos los discípulos, y lo mostró a muchos de los conocidos de Nouri, quienes tristemente cayeron en la trampa de su engaño y acusaron a Yune de tergiversar las palabras de Nouri. Todos eran conscientes de lo estrecho de la relación entre Yune y Nouri, y eso solamente debería haberles hecho pensar con cuidado en hacer semejantes acusaciones. Los demás discípulos no participaron en nada de esto, pues aunque estaban decepcionados y el ruido dentro de sus cabezas les decía otra cosa, sus corazones seguían siendo fieles.

Cuando murió Nouri, Yune tardó alrededor de tres días para regresar a sus actividades normales. Esta vez tardó cuarenta días. Cuando los cuarenta días de "luto" habían terminado, Yune comenzó de nuevo a asumir responsabilidades, pero la alegría y la risa parecían haber desaparecido por completo de su corazón. Pasó de ocupar uno de los cargos de más alta categoría en la ONU en Siria a ser profesor de una pequeña escuela internacional de secundaria. Solicitó el puesto a tiempo para empezar en el semestre de primavera. Muchos de los discípulos, después de recuperarse ellos mismos de su decepción inicial, hicieron todo lo posible para consolarlo. También intentaron determinar si Yune podía explicar lo que había ocurrido, pero Yune no estaba en condiciones de ofrecerle explicaciones a nadie. Y rechazó con firmeza toda propuesta de ayuda.

Durante el día, Yune se debatía entre dos fuertes sensaciones contradictorias. La primera era que a él mismo lo habían decepcionado. A veces incluso sentía que lo habían engañado, que lo habían llevado a creer algo de importancia, una visión que nunca hubiera aceptado si no fuera por una serie de acontecimientos que se remontaban a las historias que le contaba Maryam a la hora de dormir. Y la otra sensación era que seguramente él había sido tan arrogante, había estado hipnotizado de tal forma por una exagerada presunción, que había creído sin dudar para nada en el concepto de su papel en la segunda venida de Cristo y lo peor de todo es que había emprendido acción al respecto.

Por la noche, Yune tenía que sobrellevar un sentimiento diferente que lo obligaba a explorar los límites del insomnio. El mismo hombre que una vez le había enseñado a otras personas a dormir, era ahora el que miraba fijamente al techo. Era el sentimiento de deseos insatisfechos. Echaba de menos a Nouri y, echaba de menos incluso más la visión de Nouri de la segunda venida de Cristo. Echaba de menos la fe de Nouri en esa visión. Echaba de menos la dulzura que tenía esa visión, su optimismo y propósito. Echaba de menos todo ello, y no es fácil quedarse dormido cuando a uno lo abruma la nostalgia de lo que ya no es.

Mientras ocurría todo esto, el séptimo cilindro no resplandeció. Con frecuencia pensé en pedirle a Wahi una explicación, y una vez le envié un mensaje. Pero no me contestó, y sentí que insistir sería demasiado descortés. Mis compañeros y yo volvimos a las tareas menos transcendentales, las que no requerían pergaminos dorados, y con pocas excepciones a iniciativa de Risha, ninguno de nosotros participaba en conversaciones relacionadas con Yune. Yo apreciaba este silencio porque entendía que era una demostración de respeto hacia mí. Mis compañeros conocían demasiado bien el lugar especial que ocupaba Yune en mi corazón, y ninguno de ellos quería decir algo que pareciera insensible o condescendiente.

Pasaron varios años, y buena parte de lo que Nouri vaticinó que ocurriría en el mundo se cumplió. El nuevo imperio romano, que eventualmente se llamaría Unión de Naciones Libres (UNL) creció a un nivel sin precedentes en la historia de la humanidad. Y todos sus enemigos fueron vencidos. No obstante, yo estaba más interesado en lo que estaba ocurriendo con Yune, y lo que antes había hecho por mi sentido del deber ahora obedecía simplemente a que lo echaba de menos. Muchas veces me sentaba a mirar a Yune proyectado en la pared de mi cueva. Se había despedazado, pero su nueva forma hecha fragmentos lo había convertido en un ser más humilde. La confianza casi arrogante que acompañaba a su convicción de que le habían confiado una tarea importante se había desvanecido.

Con el tiempo se construyó una casa en el terreno que había comprado en el Ghuta, el desierto bíblico de Damasco, y empezó a pasar allí sus noches, más que nada meditando, reflexionando y caminando por el jardín. Y su dedicación a su familia y su voluntad de cumplir sus deberes como marido y padre de hecho aumentaron. Todo el resentimiento que había sentido hacia Amanda también desapareció. ¿Cómo podía él juzgarla por haber estado intensamente consumida con la consecución de una forma de vida que le dio paz cuando él mismo se había dejado consumir completamente por una visión que acabó siendo producto de su imaginación? De cierto modo, Yune finalmente se había vuelto niño, como lo había escrito en sus poemas. No porque sintiera que la idea era poética, sino porque de verdad se sentía transportado de la gloria anticipada aquella noche a los "rincones olvidados" de su casa de Ghuta.

Quedaba, desde luego, un cilindro. Y Risha y yo habíamos llegado por separado a la conclusión de que seguramente contiene un mensaje que nos invita a que estemos con Yune cuando finalmente muera, como un tipo de adiós. Pero lo que seguía sin respuesta para todos nosotros era por qué habíamos tenido que cumplir todas esas misiones relacionadas con Yune. Pero los ángeles no somos humanos. Podemos aceptar los misterios. Nuestra humildad natural eventualmente lo llena todo. La creación misma de Adán era un misterio para nosotros, y la manera en que la mayoría de los seres humanos se ha comportado desde entonces no nos ha ayudado a entender el propósito específico de esta creación.

❖

A principios de 2020 empezó a cautivar la atención de los medios de comunicación un movimiento espiritual. Yo mismo le presté atención unos meses antes porque un representante de este movimiento llegó a la casa de Yune en Ghuta una tarde de diciembre, sin ser invitado y de forma totalmente inesperada.

"Hans. Hans Siebold. ¿Qué hace aquí?"

"Yune, maestro. He venido a compartir con usted algo muy importante".

"Por favor no me llame maestro. Venga. Siéntese amigo. ¿Qué tal una taza de té?"

"Sí. Una taza de té sería maravillosa".

"No le quitaré mucho tiempo. Seguramente recordará que puedo ser muy preciso".

Yune sonrió, un poco asustado de lo que esto pudiera tratarse. Pero se alegraba mucho de ver a un hombre para el cual todavía tenía un lugar muy especial en su corazón.

"He venido a contarle una historia que usted no conoce. Después del evento..."

Hans dijo "evento" con un tono que revelaba la duda que tenía sobre cómo referirse a esa noche de diciembre de 1999 sin fastidiar a Yune.

"Nosotros, quiero decir, el grupo de los once, o no, realmente de los diez". Ese era otro tema que Hans obviamente quería evitar, la traición de Rakan. Yune puso una taza de té verde en una mesa redonda grande cerca de Hans.

"Gracias. Nos reunimos, y acordamos que todos volveríamos a nuestros países e intentaríamos olvidarlo todo durante cuarenta días".

"Yo estuve de luto por cuarenta días", Yune susurró como si hablara consigo mismo, y Hans sintió que sería descortés actuar como si lo hubiera escuchado.

"Y que, si al final de esos cuarenta días algunos de nosotros o todos habíamos olvidado el asunto, nunca volveríamos a reunirnos. Pero también que si cada uno de nosotros todavía sentía que debíamos reunirnos, lo haríamos. Elegimos hacerlo en Konya. Se me olvida quién propuso el lugar, pero sí sé que lo elegimos como el punto de reunión si, y solamente si, seguíamos sin olvidar las palabras que usted había compartido con nosotros. Llegada la noche 40º yo seguía más convencido de la verdad y de la luz de *El Evangelio de Damasco,* y con mayor pasión que nunca".

"¿Y los demás?"

"Pues no sabía de ellos, pero también decidí que no los llamaría por teléfono ni les preguntaría. Simplemente viajaría a Konya. Y eso hice. Cuando llegué descubrí que Alisar y Majduleen habían estado allí por más de una semana, y los demás habían llegado el día antes de que yo llegara. Fue entonces que decidimos reafirmar nuestro acuerdo en la Capilla de Rumi. Es cierto que Cristo no había llegado, pero Nouri no había dicho nada sobre la fecha exacta en que llegaría. Eso dejó de ser un problema para nosotros. Así que volveríamos a nuestros países y divulgaríamos las palabras de Nouri".

Parecía como si Yune no pudiera creer lo que estaba oyendo. Mientras él vivía su vida despedazada, todo esto estaba ocurriendo. Y mientras estaba en Ghuta, sin poder salir de su estado de deseos no cumplidos, los discípulos estaban cambiando el mundo.

"Y entonces comenzamos. Al principio fue difícil. Invitaríamos a nuestros familiares y mejores amigos y sencillamente nos sentaríamos con ellos, meditaríamos y después leeríamos extractos de *El Evangelio de Damasco*. El primer año fue el más duro, pero por otra parte los números aumentaron y disminuyeron, hasta que se puso de manifiesto que habíamos creado un movimiento tan grande que abarcaba cuatro continentes".

"¿Cuántos?" Yune hizo la pregunta esperando oír que se trataba de unos cuantos centenares.

"Nadie sabe realmente cuántos somos porque Nouri no nos enseñó realmente a vernos diferentes. Todavía hablamos de nosotros mismos como miembros de las religiones con las que nacimos. No nos vestimos de forma diferente, y ya que enfatizamos la transcendencia y la unidad, algunos cristianos pensaron primero que éramos una nueva versión de la iglesia unitaria. Pero a lo largo de los años han llegado a llamarnos los Nouris. He oído que podría haber alrededor de siete millones de miembros, y quizás incluso muchos más admiradores".

"¿Siete millones?"

"Así es. La cantidad puede calcularse a partir de las entradas en nuestros sitios Web y blogs, y de la cantidad de ofertas que recibimos de las agencias de publicidad. Desde luego algunos de nuestros visitantes son hostiles, pero son pocos".

"No puedo creerlo... ¿Por qué ha decidido visitarme esta noche? ¿Por qué no acudir a uno de los discípulos sirios?"

"Verá usted. Nosotros todavía nos reunimos por lo menos una vez al año, siempre en Konya. Hace unos días fue el encuentro más reciente. Éramos solamente nueve. Nabeel, tal vez usted ya lo sepa, murió recientemente".

"No. No lo sabía". Estaba claro que era algo muy triste y era extraño que Hans, el Hans de Colonia, supiera que Nabeel había muerto en Damasco, pero Yune no lo sabía.

"Fue algo muy trágico para todos nosotros. Nabeel de verdad le quería y creyó en usted hasta el final. De todas formas, era el único que quedaba en Siria. Alejandra está en Madrid. Eva y Alisar viven en Estados Unidos. Tariq y Raydana están en Amán. Majduleen está en Inglaterra. Sofiya está en Canadá y yo sigo en Colonia, por supuesto".

"¿Por qué se fueron todos?"

"Yo creo que querían divulgar este mensaje, o quizás tenían motivos familiares. La verdad no estoy seguro. El grupo de los nueve votó para que yo le visitara y compartiera con usted lo que está pasando. Ocurre que uno de nosotros tuvo un sueño. Fue Leen quien soñó que todos nos embarcábamos en un arca hermosa, pero nuestro Noé no estaba con nosotros".

Yune tenía el semblante de alguien que está a punto de llorar.

"Entonces nos pusimos de acuerdo en que ya era hora de comunicarnos con usted y comenzar a hablarle del movimiento. Y aquí me tiene".

Yune guardó silencio algunos segundos antes de contestar.

"Hans, su visita de verdad me ha conmovido. No exagero cuando digo que esta es la experiencia más agradable que he tenido en veinte años. Pero no puedo reunirme con sus hermanos y hermanas en la fe porque hay algo dentro de mí que sigue sin sanar. Y no quisiera que ellos lo percibieran. No quiero afectarles de forma negativa. Espero que no tome a mal lo que le estoy diciendo. De verdad pienso que este movimiento es producto de la voluntad y la bendición de Dios, pero todavía no estoy listo. Quizás lo esté pronto, quizás nunca lo..." Hans no dejó que Yune terminara de hablar. Lo que hizo no era característico de los alemanes, pero se levantó de la silla y abrazó a Yune. Lo mantuvo en sus brazos durante varios segundos. Los dos hombres lloraron, como si finalmente pudieran dar rienda suelta a toda la tristeza acumulada durante veinte años.

El grupo de los Nouris no era temido por las autoridades políticas porque no tenía ambiciones políticas. Respetaban las leyes y nunca harían daño a los animales, y mucho menos a seres humanos inocentes. Respetaban con sinceridad las libertades y los derechos humanos que el vasto imperio secular aceptaba, pero lo que no respetaban era su materialismo. De hecho, en una era en que la asistencia a la iglesia se ha reducido a menos del 5% en occidente, representaban la única fuerza espiritual dinámica que no sólo resistía el materialismo, sino que sistemáticamente hacía que la gente se apartara de este. No era necesario cambiar de religión para convertirse en un Nouri, y todos los que se convertían aceptaban el acuerdo de los Nouri, que exigía hacer cambios importantes en la forma en que entendían su fe y vivían sus vidas.

A principios de 2029, la paz que el mundo había disfrutado durante tanto tiempo se resquebrajó repentinamente. Un bloque oriental de la UNL declaró su independencia. Bajo el liderazgo de un hombre muy carismático de alma oscura, el bloque se amplió. Se hablaba constantemente de la guerra, y en la UNL no estaban seguros de cómo reaccionar. No podrían imaginar que después de tantos años alguien no deseara formar parte de la UNL, y mucho menos que iniciaran una guerra en su contra. Dadas las armas disponibles para ambos lados, una guerra significaría destrucción de una magnitud que la humanidad hasta ahora no había visto. Y fue así que la UNL eligió la calma, que pareció funcionar, al menos durante un tiempo.

Omar Imady

Desde la perspectiva de los Nouris, la crisis se experimentó en términos de lo que implicaba para sus actividades y movimiento. Muchas de las libertades de las que disfrutaban los Nouris que vivían bajo la alianza del oriente desaparecieron, pues su compromiso con su fe se consideraba subversivo. Los Nouris que vivían en los países que todavía pertenecían a la UNL experimentaron muchas restricciones para viajar al oriente.

En octubre de 2031, la amenaza de la guerra regresó. Esta vez nada parecía tener la capacidad de pararla. Todo el mundo estaba de acuerdo en que habría una guerra y la cuestión era cuándo. Mientras el mundo se preparaba para la guerra, los Nouris aumentaron sus actividades como misionarios. Grandes hecatombes económicas y varios terremotos devastadores golpearon fuertemente la ilusa promesa del materialismo, y facilitaron en consecuencia la divulgación del mensaje de Nouri.

Cuando el bloque oriental finalmente emprendió acción, a mediados de 2032, no fue mediante un ataque con misiles. Fue en forma de un movimiento masivo de población civil, acompañado por una cantidad igualmente masiva de soldados que se dirigían a occidente. Todo esto fue en respuesta a un discurso del líder de este bloque, en el cual pidió que se limpiara al mundo de los principios respetados por la UNL. El movimiento humano en masa se dirigiría al oeste e "independizaría" a todas las ciudades por las que pasara a lo largo del camino. La ruta a occidente, por supuesto, eventualmente significaba la ruta a Damasco. La UNL no esperaba esto. Estaban preparados para responder con toda su potencia desde todas las direcciones. Pero, ¿cómo se ataca una marcha de varios millones de civiles? A finales de 2032 el movimiento masivo no sólo había crecido en tamaño a pesar de los muchos intentos de la UNL para contenerlo, sino que también había llegado a los límites orientales del desierto sirio. La toma de Damasco ahora parecía simplemente cuestión de tiempo.

❖

3

La Gran Mezquita - sábado 9 de abril de 2033

Siete años antes de que nos llamaran de vuelta a mis compañeros y a mí, ocurrió algo extraordinario. Era sábado por la mañana, y yo acababa de volver de una breve misión en la ciudad de Nabik, a aproximadamente cincuenta millas al norte de Damasco. Me pidieron que salvara a un anciano que vivía allí antes de que llegaran quienes marchaban de oriente. Cuando entré en mi cueva sentí la fuerte necesidad de revisar una caja que no había tocado en años. Incluso antes de abrirla sabía que algo brillaba intensamente dentro de la caja. Me sentí muy compungido. ¿Estaba Yune a punto de morir? No podía romper el cilindro estando solo, así que lo llevé a la cueva de Risha.

"Párate junto a mí".

"¡Está resplandeciendo! ¡Está resplandeciendo! ¡Ábrelo!"

"No quería hacerlo solo".

"Y no estás solo. Ábrelo".

Apliqué presión sobre el punto medio del cilindro y se rompió suavemente, del modo usual.

"¿Qué dice? Lee en voz alta".

Y así lo hice:

Saca a Jonás del mar.
Se abrirá el cielo y la tierra recibirá la llave que tanto ha esperado.
Risha, Nur, Rahma, Sakinah, Mizán, Asa, Sur y Raqeem.
Abril 9 a 10 de 2033 - De la medianoche al amanecer

"Escucha, debo irme. Quiero que le avises a nuestros compañeros. También quiero que hagas que todos los discípulos vayan a la Gran Mezquita a la medianoche. Los vuelos desde Europa deberían ser bastante fáciles de programar, pero no estoy tan seguro de los de África y Asia. Si es necesario, tú y nuestros compañeros cuentan con la autorización para llevarlos directamente a Damasco desde dondequiera que estén. Yo me ocuparé de Yune".

"Sí. No te preocupes; yo me encargaré de todo. Pero Raqeem, son once, no nueve".

"Rakan ya no es uno de ellos y Nabeel murió hace poco".

"Sí, lo sé, pero a Nur le pidieron que reemplazara a los dos que faltaban. Se supone que no debía compartir esto contigo, pero ahora todo ha cambiado de repente".

"¿Con quiénes los reemplazaron?"

"No lo dijo. Yo pensé que esto se hizo para mantener el grupo de los Nouris. No tenía idea de que los discípulos se reunirían de nuevo en la Gran Mezquita".

"Tampoco yo, Risha. Nunca imaginé que esto ocurriría. Escucha, necesito asegurarme de que todo esté en orden en la Gran Mezquita. Una hora más o menos antes de la medianoche tengo que traer a Yune".

"Está bien. No te preocupes, todos estaremos allí".

Nos miramos fijamente durante algunos segundos, como si de repente nos hubiéramos percatado de que la dulzura de facilitar los mensajes relacionados con Yune había regresado inesperadamente.

Durante las próximas diez horas mis compañeros corrieron por el mundo entero recogiendo discípulos, y cuando fue necesario, los llevaron en viajes que seguramente nunca olvidarían. También hice que los encargados de la limpieza en la Gran Mezquita se esmeraran en su labor como nunca antes con las alfombras y el patio externo de la mezquita.

Finalmente estaba listo para salir del casco antiguo de Damasco y llegar la casa de Yune en el Ghuta, cuando de repente se detuvo junto a mí un Mercedes de color negro con ventanas polarizadas. Se abrió una ventana.

"¿Quieres que te lleve?"

Era Wahi.

"¿Estás disgustado?"

"No, para nada", le dije mientras entraba en la silla delantera del lado del pasajero.

"¿Adónde vamos?"

"A una casa en el Ghuta".

Tenía muchas preguntas y no estaba seguro de por dónde empezar, pero Wahi interrumpió mis pensamientos.

"Entenderás que a veces incluso tú no puedes estar completamente informado porque ello afectaría tus sentimientos hacia el evento. Tu tristeza era importante, y lo era tan también tu decepción. El corazón de Yune está vinculado inconscientemente al tuyo. Existe un enlace emocional fuerte incluso si no es consciente de este. Si te hubieran informado sobre lo que iba a ocurrir esta noche, tu sentido de alivio se habría transmitido a Yune".

Tuve que interrumpir. "¿Qué problema había con que Yune hubiera recibido consuelo?" Cuando hice la pregunta me di cuenta de que habíamos llegado a la casa de Yune y de que Wahi se había estacionado delante del portón verde grande.

"Que se supone que tenía que vivir su decepción. No se puede recibir al Cristo de una forma triunfante. Aunque su llegada sea triunfante, quienes han de darle la bienvenida tenían que vivir la experiencia de la decepción. Y Yune también tenía que vivir constantemente bajo la sombra de una especie de enajenación oscura visible solamente para él. Y por difícil que ello haya sido, no era una ballena".

"¡¿Una ballena?!"

"Sí. Recuerda que Yune es Jonás".

A mí realmente no se me había ocurrido esa obvia conexión.

"Por cada día que Jonás pasó dentro de la ballena, Yune tuvo que pasar once años con su pena, desesperación y soledad. Cuando le pidieron a Cristo una señal, él contestó: No se dará ninguna señal, excepto la señal de Jonás". Esto vino del Cristo que había dado numerosas señales, incluida la señal de Lázaro, pero no estaba hablando de un evento que ocurriría en Jerusalén hace dos mil años, sino de un evento que ocurriría dos mil años después. Los treinta y tres años que Yune había pasado como hombre en pena en las selvas de Damasco y su salida esta noche para estar en la Gran Mezquita son en conjunto la señal de Jonás de la que alguna vez habló Cristo".

"¿Pero por qué 2033?"

"Hace dos mil años, de hecho, dentro de una semana, Cristo ascendió sobre una Jerusalén que no pudo apreciar el regalo del Cristo. Cuando llegue mañana, marcará el día en que entró triunfante en Jerusalén. ¿Te das cuenta de que mañana es Domingo de Ramos?

"..." Silencio.

"Por cierto, es también *Ashura'*, el 10º día de *Muharam*, el mismo día en que se salvó a Noé de la inundación, a Abraham de Nimrod y a Moisés del faraón".

Miré mi reloj con vergüenza de no haber establecido yo mismo estas conexiones.

"Son las 11:30".

"Sí, por favor golpea a la puerta y pídele que venga con nosotros".

"¿Debo explicarle de qué se trata?"

"No. Basta que golpees a la puerta y le preguntes cortésmente. No se opondrá. Se ha sentido ansioso todo el día. No ha estado tan a la expectativa desde hace..."

"¿Treinta y tres años?"

"Sí".

Golpeé a la puerta. Yune abrió con tal rapidez que era como si hubiese estado parado detrás de la puerta.

"¿Puedes venir conmigo?"

Yune se me quedó mirando por algunos segundos. Era la primera vez que nos encontrábamos, cara a cara. Todavía era guapo y de aspecto juvenil.

"Sí. Voy a ponerme la chaqueta. Parece que está a punto de llover".

Yune se sentó en el asiento trasero del auto. Wahi lo saludó con una sonrisa majestuosa y se dirigió hacia el casco antiguo de Damasco. Cuando nos acercábamos a la carretera de la ciudadela que va directamente a la Gran Mezquita, miré a Yune por el espejo lateral. Me dio la impresión de que entendía todo mucho mejor de lo que yo mismo lo entendía.

Llegamos y Wahi estacionó el auto cerca de la puerta occidental. Luego nos hizo un gesto para que lo siguiéramos. Caminó hacia la izquierda hasta llegar a la vía paralela al muro sur de la mezquita, la vía que lleva al alminar de Cristo. Ahora llovía con más fuerza, pero el agua no parecía molestarnos, a ninguno de nosotros. Miré hacia arriba y vi que el cielo estaba lleno de nubes que habían bajado mucho, algo que me resultaba familiar en el Monte Hermón, pero no en Damasco.

Yune caminaba muy cerca de mí. Yo me preguntaba si él sabía del lugar tan especial que ocupaba en mi corazón.

"Puedo oír a mi madre cantar", me susurró.

"¿Y qué canta?"

"Mis ojos han visto la gloria de la venida del Señor".

Sonreí. Iba por el camino correcto. En un instante los tres nos detuvimos y nos quedamos mirando alelados. Donde antes quedaba el cuarto de los equipos eléctricos solamente había escombros. Las enormes rocas que habían bloqueado la puerta por más de catorce siglos quedaron reducidas a polvo. La inscripción griega en el dintel sobre la puerta parecía haber sido inscrita en oro nuevamente. Una luz blanca que resplandecía en el interior de la Mezquita irradiaba suficiente luz para hacer visible el área inmediatamente externa a la puerta. Mis siete compañeros y los discípulos se pararon a ambos lados de la puerta. Ninguno de ellos había entrado; estaban esperando a que llegara Yune. Además de los nueve, Maryam y Amanda estaban paradas junto a Nur con sus abrigos azul cielo, tomadas de la mano y sonriendo como si siempre hubiesen sabido que estarían allí. Algunos se ruborizaban. Algunos parecían estar demasiado deslumbrados para expresar cómo se sentían. Otros irradiaban júbilo. Risha y Majduleen daban volteretas. Alisar lloraba. Hans y Tariq se acercaron a Yune y le dieron una palmada en el hombro. Mizán estaba situado más cerca de la entrada. Miró a Yune y con su majestuosa voz dijo:

"Él ha llegado. Ha descendido los peldaños del alminar y ahora está dentro de la mezquita caminando hacia el Santuario de Juan". Wahi tomó a Yune de la mano y lo llevó hacia la luz.

Durante los siete años que siguieron, Cristo y sus seguidores, cuya vasta mayoría estaba constituida por los Nouris, derrotaron a los soldados de la muerte y el apocalipsis y, más adelante, derribaron a los ídolos del materialismo. Cuando llegó el momento en el que mis compañeros y yo estuvimos preparados para ser rescatados, había acontecido una revolución espiritual en la tierra. Pero ésta no es la historia que me pidieron compartir. La mía es la historia del caballo de fuego. Un caballo de fuego llevó una vez a Elías al cielo. Pero cuando Cristo regresó, un caballo de fuego estaba esperándolo para darle la bienvenida.

El Evangelio de Damasco

Omar Imady

La Epístola de Eliécer

Una historia sagrada de Damasco compilada por el Rabino Eliécer y enviada al Rabino Isaac de Alepo

Aunque salta a la vista que Damasco no es ni la Jerusalén de la tradición judeocristiana ni la Meca de la tradición islámica, no deja de ser invocada constantemente en la literatura sagrada judía, cristiana e islámica. El lenguaje y los contextos de algunas de estas referencias revisten una importancia tan asombrosa, que la supremacía espiritual de las ciudades santas del judaísmo, el cristianismo y el islam parece quedar en tela de juicio tentando, por consiguiente, a muchos comentaristas clásicos a marginar dichas referencias o hacer caso omiso de ellas por tratarse simplemente de referencias metafóricas. Quizás las más significativas son las referencias que le atribuyen a Damasco un papel singular en la escatología judía, cristiana e islámica, concretamente como el lugar de la llegada del Mesías o del Cristo. Por cierto, como la ciudad de Cristo, Damasco, no Jerusalén ni Meca, encarna la promesa de la renovación espiritual al final de los tiempos. Como tal, la historia sagrada de Damasco constituye un nexo significativo, que hasta el momento no ha sido adecuadamente documentado ni puesto de relieve, entre las tres grandes religiones monoteístas.

En *Las vidas de los Santos*, más conocida como *La Leyenda Dorada*, una colección de tradiciones sagradas recopiladas por Santiago de la Vorágine, leemos que Adán, y a su vez todos sus descendientes, están vinculados a Damasco de una manera muy orgánica: "... el hombre fue creado en el suelo de Damasco".

Damasco no es solamente la tierra en la cual se creó el primer ser humano, sino también el sitio al que llegó la primera comunidad humana. "Y entonces Adán fue arrojado del Paraíso, y puesto en suelo de Damasco, de donde fue hecho y tomado, para que allí trabajara y labrara la tierra".

Damasco es el lugar en donde Caín mató a Abel. En La Hagadá, la recopilación de narraciones de la tradición oral y leyendas encontradas en el Talmud, dice: "... la familia de Caín residía en suelo de Damasco, el lugar donde Caín mató a Abel". En el *Kunz al-'Ummal*, una gran colección de tradiciones proféticas islámicas, con diversos grados de autenticidad, también dice: "Deseo en este mismo instante estar en el desierto de Damasco y poder visitar el sitio donde los Profetas suplican la ayuda de Dios, el sitio donde el hijo de Adán mató a su hermano".

Las fuentes no vinculan a Damasco con Noé o el diluvio. Existe, sin embargo, una obra atribuida a Sem, hijo de Noé y uno de los siete Patriarcas del mundo, que contiene referencias a Damasco. El Tratado de Sem es un almanaque astrológico conocido a partir de un manuscrito siriaco del siglo XV. Es, al parecer, la única fuente en la categoría de pseudoepigráficos de la Biblia hebrea que contiene referencias a Damasco: "Y se reunirán ladrones en Haurán y Damasco..." y "... habrá una enfermedad en Damasco y en Haurán". No obstante, estas referencias son claramente apocalípticas y no han sacado a luz la relación, si existiera, entre Sem y Damasco.

Héber, bisnieto de Sem, tampoco aparece vinculado directamente a Damasco en textos sagrados. Sin embargo, en la pared meridional de la Gran Mezquita de Damasco se halla una placa que enuncia "Esta es la estación espiritual de Héber". Algunos historiadores musulmanes afirman que Héber está enterrado debajo de la pared en ese preciso lugar y que Damasco, en realidad, fue construida por Héber, el Hud del Corán.

Existen vínculos interesantes entre Abraham y Damasco en varias fuentes. El Génesis describe a Eliécer, el siervo de confianza de Abraham, como "Eliécer de Damasco". Eliécer había sido elegido para ser el heredero de Abraham antes del nacimiento de Ismael y de Isaac.

No está claro cómo llegó Eliécer a ser el siervo de Abraham. Uno podría suponer que fue adquirido por Abraham durante su estancia, o reinado, en Damasco. El Génesis, por otro lado, parece insinuar que nació en la casa de Abraham. No obstante, la explicación expuesta en la Hagadá, es que Eliécer, junto con Ogi, u Og, Rey de Basán, como se lo conoce más comúnmente, fueron regalos de Nemrod, un monarca de Mesopotamia, a Abraham tras el escape milagroso de Abraham del fuego. Como tal, también se le atribuye el haber advertido a Abraham de la conspiración tramada por Nemrod para volverse en su contra. La posterior partida de Abraham de la ciudad de Ur fue a causa de la advertencia de Eliécer. Alternativamente, a Eliécer se lo describe como el verdadero hijo de Nemrod que abandona a su padre tras presenciar el escape milagroso de Abraham. Og, por otra parte, fue uno de los últimos gigantes, el único sobreviviente de los Refaim, la generación del diluvio, y el último de los descendientes de los ángeles caídos y de las hijas de Caín. Vivió durante siglos hasta que Moisés lo mató cerca de Edrei durante el avance de los hijos de Israel a la Tierra Prometida.

No sólo estaba Eliécer entre los 318, nacidos en la casa de Abraham, que lucharon junto con Abraham contra los reyes que habían tomado cautivo a Lot, sino que también fue el único que estuvo con Abraham durante ese maravilloso acontecimiento. La anomalía se resuelve al revelar el valor numérico de las letras del nombre de Eliécer (1 + 30 + 10 + 70 + 7 + 200 = 318). Otro relato profundiza aún más en este acontecimiento. "Sem dijo a Eliécer: ¿Qué hiciste cuando los reyes de Oriente y Occidente te atacaron? Eliécer respondió: El Santo, bendito sea Él, tomó a Abraham y lo colocó a Su derecha, y lanzaron polvo que se convirtió en espadas, y paja que se convirtió en flechas..." El hecho de que a Eliécer se le haya dado el privilegio de comunicarse con Sem es un signo evidente de su elevado estatus espiritual.

Eliécer fue enviado a veces por Sara, la esposa de Abraham, a averiguar sobre el bienestar de Lot. Para hacerlo, Eliécer tuvo que visitar la infame ciudad de Sodoma, la tierra donde la justicia y los hábitos son exóticos. Eliécer era sabio e ingenioso, dos cualidades confirmadas ampliamente por sus encuentros con los sodomitas. Cuando a Eliécer le piden que le pague al hombre que lo había herido, bajo el pretexto de que éste en realidad lo hizo sangrar por cuestiones médicas, Eliécer responde arrojando una piedra al juez y diciendo "Pague mi deuda al hombre y entrégueme el resto". Cuando se le pide que se acueste en una cama que servía para estirar el cuerpo de un extranjero, si lo hallaban de muy baja estatura, o amputar sus miembros, si lo hallaban de muy alta estatura, Eliécer responde diciendo que al morir su madre había jurado que jamás dormiría en una cama.

Otros relatos también le confieren a Eliécer una jerarquía única otorgada solamente a nueve personas. "Nueve han entrado con vida en el Paraíso y éstos son: Enoc, hijo de Jared; Elías; el Mesías; Eliécer, el siervo de Abraham; Hiram, Rey de Tiro; Ebed-Melec, el etíope; Jabes, hijo de Rabí Yehuda, el príncipe; Batia, hija del Faraón; y Sara, hija de Aser..."

Eliécer es uno de los pocos gentiles descritos en el Génesis, y fuentes relacionadas con el Génesis, en haber tenido tan altas cualidades espirituales. Ningún otro, entre los gentiles, parece haber sido elevado a este estatus. ¿De quién más, después de todo, se sabe que se haya asemejado a Abraham espiritual y físicamente, tal como las fuentes lo confirman? El hecho de que Eliécer fuera de Damasco sirve para reafirmar aún más el singular carácter espiritual de esta antigua ciudad.

Posteriormente, encontramos a Damasco vinculada a David a través de la guerra y la conquista, y a Salomón, a través de la poesía. "... tu nariz, como la torre del Líbano que mira hacia Damasco".

En el período inmediatamente posterior a Salomón, las figuras de Elías y de Eliseo se apoderan de esta historia. Eliseo es un profeta bíblico y coránico, conocido como al-Yasa' en el Corán. Eliseo fue el hombre elegido por Dios para ser el heredero profético de Elías. Por cierto, de las tres tareas principales que se le encomendaron a Elías, ungir a Hazael como rey de Damasco, ungir a Jehu como rey de Israel y escoger a Eliseo como su discípulo y sucesor, Elías cumplió solo la última. Quizás estaba demasiado involucrado en una batalla apasionada con Acab, cuya esposa fenicia Jezabel intentaba introducir el culto a Baal en Israel, o quizás Elías consideraba que las tareas de ungir a Hazael y Jehu debía delegarlas a su sucesor.

Tras la partida de Elías al cielo en una carroza de fuego, Eliseo asume las responsabilidades proféticas, dos de las cuales estarán directamente relacionadas con Damasco. La primera incluye a la figura de Naamán, un general damasceno cercano al rey de Siria, Ben-Hadad II. Naamán era sumamente respetado por las victorias que había ayudado a obtener para su pueblo. Algunas fuentes le atribuyen la autoría de la muerte de Acab en la batalla de Ramot de Galaad. Pero él sufría de lepra y, cuando su esposa le dijo que su sierva judía aseguraba que un hombre llamado Eliseo podía curarlo, él decidió ir en busca de esa posibilidad. Llevando una carta de su rey, Naamán visita primero al rey de Israel, muy probablemente Joram, hijo de Acab, a quien este asunto le resultaba sumamente sospechoso. Pero Eliseo envía un mensaje a Naamán diciendo que debe bañarse siete veces en el río Jordán. Al principio, Naamán se siente insultado. "Abana y Farfar, ríos de Damasco ¿no son mejores que todas las aguas de Israel? Si me lavara en ellos, ¿no estaría también limpio?" Y se dio la vuelta y se marchó, enojado. Pero uno de sus criados, sin embargo, le aconseja oír las palabras del profeta y bañarse en el río Jordán. Naamán sigue el consejo y se cura inmediatamente. Visita a Eliseo no sólo para expresarle su gratitud sino también para proclamar su fe en el Dios de Eliseo. Incluso intenta llevarse suficiente tierra del suelo de Canaán para erigir un altar a Yahvé. Naamán solo pide perdón por lo que parecen ser parte de sus funciones públicas habituales. "Cuando mi señor, el rey, entre en el templo de Rimón para alabar allí, y se apoye sobre mi brazo, si yo también me inclino en el templo de Rimón, si hago tal cosa, que el Señor perdone en esto a tu siervo". Eliseo entiende y le responde diciendo "Ve en paz…"

En Naamán tenemos una figura damascena que evoca a Eliécer. No sólo es respetado por su gente, sino incluso por la sierva judía que parece anhelar verdaderamente la curación de su amo. "Si rogase por mi señor al profeta que está en Samaria, él lo sanaría de su lepra". Esto debe reflejar el hecho de que ella recibía buen trato en este hogar. Pero más importante aún, Naamán parece haber sido elegido por designio divino incluso antes de su encuentro con Eliseo. Por cierto, de todos los soldados sirios que luchan contra el ejército de Acab, es la flecha de Naamán, en aquel entonces un simple soldado raso, a la que se le permite atravesar la armadura de Acab. Como Jesús señalaría más adelante al procurar desacreditar la exclusividad judía, había muchos leprosos en tiempos de Eliseo, pero Dios escogió a Naamán el sirio como el único digno de ser curado por Eliseo. Y había muchos que habían sido testigos de los actos milagrosos de Eliseo, entre ellos Giezi, su cercano, pero desleal discípulo. Sin embargo, Naamán fue uno de los pocos que respondieron con fe y gratitud.

"El desierto de Damasco" es un término destinado a adoptar asociaciones escatológicas muy significativas, especialmente en el islam, donde constituye el sitio del Armagedón o la batalla final entre las fuerzas de la luz y de las tinieblas. En el 1er. Libro de los Reyes, leemos: "Y el Señor dijo a él: ve, regresa por tu camino al desierto de Damasco; … y a Eliseo, hijo de Safat de Abel-Mehola, ungirás por profeta en tu lugar". La idea de una entrada a Damasco por inspiración divina será invocada siglos más tarde por la comunidad de Qumrán, usando un versículo en el libro de Amós como fundamento bíblico. "Yo os haré, pues, deportar más allá de Damasco, dice el Señor". Por cierto, para la comunidad de Qumrán, la "Nueva Alianza" se forjó en las "tierras de Damasco". Además, para la comunidad de Qumrán, uno de los atributos de su líder espiritual es el hecho de que él entrará en Damasco. La estrella es el Intérprete de la ley que vendrá a Damasco, como está escrito: "Una estrella avanza desde Jacob y se alza un cetro desde Israel". Más adelante, se repite el mandato divino a Pablo: "Levántate y entra en Damasco". Incluso Cristo, en el Evangelio de Bernabé, un libro apócrifo medieval pero muy probablemente basado en un original ya perdido, viaja a Damasco. "Al día siguiente vinieron, de dos en dos, treinta y seis de los discípulos de Jesús; y él permaneció en Damasco esperando a los demás. Y todos ellos se lamentaban, porque supieron que Jesús debería partir del mundo". Pero quizás sea la *Epistula Apostolorum*, o *Carta de los Apóstoles*, la que hace la proclamación más profunda. "He aquí, que desde Siria comenzaré a construir una nueva Jerusalén".

Amós e Isaías proclaman las profecías contra Damasco. También lo hace Jeremías, casi dos siglos después. Pero en medio de la profecía de Jeremías contra Damasco, de repente se lee: "¿Cómo es que no ha sido abandonada la ciudad alabada, la ciudad de mi regocijo?" Este versículo ha constituido un dilema para los eruditos bíblicos. ¿Cuál es la posible importancia de Damasco que puede ser descrita por Dios mismo como "la ciudad de mi regocijo" en este versículo? Rashi intenta solucionar el problema atribuyendo la voz al rey de Damasco. Sin embargo, los versículos anteriores y subsiguientes no concuerdan con dicha interpretación. Otros atribuyen el versículo a Jeremías, de quien se ha dicho que tuvo días de regocijo en Damasco. Pero todo esto parece forzado y descontextualizado. La noción de "alabanza" asociada con Dios, no con ídolos, viene a complicar aún más dichas interpretaciones. Por consiguiente, algunos eruditos, aunque solamente unos pocos, se han atrevido a interpretar que este versículo fue pronunciado por Dios mismo. El versículo implicaría, de este modo, que Damasco, al igual que Jerusalén, está siendo castigada, a pesar de ser una ciudad en la que algunos alaban a Dios y a pesar de que por razones que aún resta revelar, Damasco es la ciudad de regocijo de Dios.

Profetizando en el antiguo período persa, Zacarías difiere de Amós, Isaías y Jeremías en cuanto a que él no parece profetizar una destrucción inminente de Damasco. No obstante, algo se está profetizando, y cualquiera sea la profecía, se relaciona claramente con Damasco. Todo depende, en realidad, de cómo se traduzca, y a su vez interprete, el fascinante versículo 9:1: "y de Damasco, su reposo: cuando los ojos de los hombres y de todas las tribus de Israel se vuelvan al Señor". O: "Y Damasco es Su lugar de reposo, porque hacia el Señor están puestos los ojos de los hombres y de todas las tribus de Israel". La confusión de este versículo es evidente en el *midrash* siguiente. "Judá, maestro, ¿por cuánto tiempo pervertirás los versículos? Clamo al cielo y la tierra para que den testimonio de mí, de que soy de Damasco y que existe un lugar llamado Hadrach. Ahora

¿cómo explico "*Y Damasco es su lugar de descanso*"? [El Rabino Judá respondió] Que Jerusalén está destinada a extenderse hasta un lugar tan lejano como Damasco. "*Su lugar de reposo*" significa solamente Jerusalén, pues se dice: *Este es mi lugar de reposo hasta la eternidad*".

Pero si los versículos y las tradiciones en la literatura sagrada judeocristiana que ponen de relieve la situación de Damasco en el final de los tiempos pueden ser malinterpretados, aunque con dificultad, sus paralelos islámicos son mucho más categóricos. La Gran Mezquita de Damasco tiene tres torres o alminares. El alminar blanco oriental se conoce como el alminar de Cristo porque los musulmanes creen que es el sitio de la venida de Cristo al final de los tiempos. Esta creencia está fundamentada en una tradición profética que le confiere a Damasco un estatus que ninguna otra tradición sagrada le confiere con esta claridad:

"Jesús, el hijo de María, descenderá sobre la Torre Blanca, al este de Damasco, con sus manos apoyadas en las alas de dos ángeles que lo descenderán. Cuando él levante su cabeza, caerán gotas de agua y se dispersarán como perlas".

Nota del autor

Esta obra no es autobiográfica ni es un estudio teológico. Es una obra de ficción, una novela.

Aunque a veces mi inspiración vino a través de personas y eventos que han pasado por mi vida, cualquier intento de crear una representación precisa de la realidad a partir de tales detalles ha llevado continuamente a conclusiones muy extrañas e imprecisas.

También recibí inspiración de la asombrosa forma en que Dios parece intervenir en nuestras vidas, pero intentar sacar conclusiones teológicas sobre los ángeles y sus cualidades, y sobre la forma en que la voluntad divina se comunica a la tierra a partir de esta novela, también tiene una alta probabilidad de llevar a conclusiones ajenas a las intenciones del autor.

He hecho todo lo posible por demostrar mi respeto genuino a las tradiciones de todas las religiones. A quienes pudieran considerar ofensiva cualquier parte de esta novela, bien sea por algo explícito o sencillamente implícito, les pido su perdón y comprensión.

Omar Imady

Otras obras

Virginia Institute Press

Communicative Focus: Teaching Foreign Language on the Basis of the Native Speaker's Communicative Focus, 2nd Edition, Boris Shekhtman – junio de 2015

Côte à côte : Etude comparative de l'anglais et du français (francés e inglés), Jacques Bourgeacq – noviembre de 2015

Diagnostic Assessment at the Superior / Distinguished Threshold, Bella Cohen – enero de 2015

The Gospel of Damascus (versiones en árabe, francés e inglés - novela), Omar Imady – octubre de 2016

How to Improve Your Foreign Language IMMEDIATELY, 3rd Edition. Foreign Language Communication Tools, Boris Shekhtman – enero de 2014

Individualized Study Plans for Very Advanced Students of Foreign Language, Betty Lou Leaver – noviembre de 2016

Poemas y Laberintos/Poems and Labyrinths (Spanish/English – poetry), Idy Linares – mayo de 2015

Sonría y aprenda/Smile and Learn (español e inglés – lectura, comprensión y vocabulario), Idy Linares – septiembre de 2014

Omar Imady

What Works: Helping Students Reach Native-Like Second-Language Competence, 2nd Edition. Rocío Txabarriaga, editor. Authorial collective: Rajai Rasheed Al-Khanji, James Bernhardt, Gerd Brendel, Tseng Tseng Chang, Dan Davidson, Christian Degueldre, Madeline Ehrman, Surendra Gambhir, Jaiying Howard, Frederick Jackson, Cornelius Kubler, Betty Lou Leaver, Maria Lekič, Natalia Lord, Michael Morrissey, Boris Shekhtman, Kenneth Shepard, Svetlana Sibrina – mayo de 2015

Working with Advanced Foreign Language Students, 2nd Edition, Boris Shekhtman – marzo de 2016

www.virginiainstitutepress.com

www.ingramcontent.com/pod-product-compliance
Lightning Source LLC
Chambersburg PA
CBHW032046240626
47154CB00003B/1093